Paul Katsitis

Mykonos Crime 1

Die Bestie von Mykonos

AF220340

Paul Katsitis

Mykonos Crime
Die Bestie von Mykonos

FSC
www.fsc.org
MIX
Papier aus ver-
antwortungsvollen
Quellen
Paper from
responsible sources
FSC® C105338

Zuletzt erschienen:

Mykonos Crime 28 Engel der Finsternis
Mykonos Crime 29 Strand der toten Köpfe
Mykonos Crime 30 Der Vampir von Mykonos
Mykonos Crime 31: Die Rose des Todes (Sep 22)
Mykonos Crime 32: Das Mykonos-Game (März 23)

Impressum
Titelbild: istockphoto
Copyright Paul Katsitis 2022
ISBN 9783756231812
Herstellung und Verlag:
BoD – Books on Demand, Norderstedt

Jeder Band behandelt einen abgeschlossenen Fall, sodass die Bände nicht in der Reihenfolge gelesen werden müssen.

1

Christopher Nkonko fror gotterbärmlich, wie jeden Morgen. Von wegen Party-Insel unter der Sonne. Für Menschen wie mich gibt es keine Party. Und Sonne? Was hilft die, wenn dieser ekelhafte Nordwind einem das Gesicht einfrieren lässt?

Doch wie viele Küchenhilfen auf Mykonos hatte er keine Wohnung, nicht einmal einen Platz in einer Wohngemeinschaft.

Christopher Nkonko wohnte im Container und das schon im dritten Jahr.

Europa hatte ich mir anders vorgestellt, als ich vor drei Jahren in Nigeria aufgebrochen war – und 2.000 Dollar für die „Reise" bezahlt habe.

Das Schlimmste an seiner Wohnsituation aber war das Dixi-Klo, das er jeden Morgen aufsuchen musste, denn Toilettengänge während der Arbeitszeit waren im „Leto" verboten, zumindest den Schwarzafrikanern.

Es war nicht das erwartete – und versprochene – bessere Leben. Immerhin reichte der Verdienst, um monatlich 100 Euro nach Hause zu schicken.

Quietschend öffnete sich die Blechtüre und ein widerlicher Gestank schlug ihm entgegen.

Wenn die Gäste wüssten, wie die Angestellten hausen mussten ... wäre es ihnen auch egal. So viel hatte Christopher schon gelernt.

Mykonos war oberflächlich und ein perfektes Abbild westlicher Dekadenz.

Mit Wiederwillen ließ er die Hose herunter und begann mit seinem Geschäft.

Er hörte nicht, wie sich ein Mann von hinten dem Dixi näherte.

Niemand hatte den Mann kommen sehen.

Lia Beach lag zu weit abseits, als dass jemand den Wagen bemerkt hätte.

Geschweige denn die Waffe, die der Mann in den Händen hielt.

Er hatte beobachtet, wie Christopher im Klo verschwunden war. Rund um die Toilette war niemand zu sehen.

Christopher war früher aufgewacht als früher. Der Rest des Containerdorfes schlief noch.

Die Schlafstörung sollte Christophers Todesurteil bedeuten.

Der Mann legte die Pump-Gun an, zielte auf das rückwärtige Blech der Toilette und stellte auf Dauerfeuer.

Leicht trabend begab er sich zurück zu seinem gestohlenen Wagen und fuhr die holprige Straße über Kalafati nach Kalo Livadi.

Am alten Hafen der Mykobar-Mine wartete bereits ein Schnellboot.

Der Mann ging an Bord.

Am Steuer stand ein großer, bärtiger Mann, auf dessen Oberarm man mehrere Tattoos sehen konnte.

„Erledigt?", fragte der Mann am Steuer.
„Natürlich", lautete die Antwort.
„Gut. Wieder einer weniger!"

2

Kommissar Alexandros Galis hatte grundsätzlich wenig Lust. Auf alles.
Seine Ehe, aber auch die Zeit danach, hatten seinen Frustlevel auf die höchstmögliche Stufe hochschnellen lassen.
Missmutig fuhr er von seinem Haus in Ornos in Richtung Chora. Das Polizeirevier lag an der Promenade, was dazu führte, dass Galis oft eine Stunde brauchte, um einen Parkplatz zu finden.
Auch an diesem Tag fluchte er wie ein Rohrspatz.
„Scheiß Touristen!"
Als er endlich einen Parkplatz gefunden hat, knisterte sein Funkgerät.
„Chef? Sie brauchen nicht ins Büro kommen. Es gibt eine Leiche in Lia!"
Die Stimme gehörte Jonas, seinem Stellvertreter.
Seinem korrupten Stellvertreter.
Eine Leiche = viel Aufregung = viel Arbeit. Und am Schlimmsten: er würde mit dem größten Trottel der

Insel reden müssen: seinem Chef, dem Bürgermeister.

„Tourist?", fragte Alex.

„Neger", antwortete Jonas, der als Rassist bekannt war.

Über die Umgehung fuhr Alex in Richtung Ano Mera. Schon um zehn Uhr morgens hatte er sein tägliches Kontingent an Flüchen erschöpft. Blaulicht und Martinshorn empfinden Griechen als eine Art Dekoration.

Genervt schaltete er beides aus.

Den Toten würde es nicht stören, wenn er etwas zu spät käme.

Alexandros Galis kämpfte gegen die Übelkeit an. Von dem Mann auf der Toilette war nicht viel übriggeblieben. Die Rückseite des Blech-Klos wies mehrere große Löcher auf. Das Innere sah aus wie die verkleinerte Version eines Schlachthauses. Teile des Magens und Darms waren die Innentüre heruntergerutscht. An sämtlichen Wänden lief Blut hinunter. Das Opfer saß mit heruntergelassenen Hosen auf der Schüssel und war noch vorne weggesackt.

Alexandros Galis seufzte.

Was für eine Sauerei.

„Wissen wir schon, wer das ist?"

Jonas, sein Stellvertreter, stand neben ihm.

„Ja, ein gewisser Christopher Nkonko. Aus Nigeria. Wusste gar nicht, dass es schwarze Christen gibt!"

Manchmal verursachten Äußerungen seines Stellvertreters bei Kommissar Galis eine Art Gehirnkrampf.

Dumm wie ein Stück Brot. Und Rassist.

„Er arbeitet als Küchenhilfe im ‚Leto'. Zu etwas anderem sind die auch nicht zu gebrauchen!"

„Sind wir froh, dass die die Drecksarbeit in diesem Land übernehmen. Wir Griechen sind uns ja zu fein dafür. Außerdem kann es im Leben schnell nach unten gehen", knurrte der Kommissar.

„Irgendwelche Zeugen?"

„Nein. Und wenn, würden sie nichts sagen", meinte Jonas.

Was wohl stimmt. Aus Angst vor der Polizei – oder den Tätern.

„Personalien der hier Wohnenden lassen sich keine feststellen, denn die sind alle illegal hier", sagte Jonas mit der üblichen Empörung eines Nationalisten.

„Wir sind die Kripo und nicht die Ausländerbehörde. Pavillon aufstellen und mit der Spusi anfangen. Hinter dem Klo sind ein paar Fußabdrücke zu sehen, außer das warst du", sagte Kommissar Galis.

Jonas sagte nichts.

„Wie oft habe ich dir gesagt … aber es ist zwecklos. Himmel!"

„Ach, kommen Sie, Chef! Ein toter Ne …, äh, Schwarzafrikaner, dazu wahrscheinlich illegal hier. Ich vermute eine Drogengeschichte. Jeder zweiter von denen verdient sich doch damit etwas dazu!"

10

Wieder meldete das Trommelfell von Kommissar Galis das Eindringen eines dämlichen Satzes.

„Ich fahre zurück und bestelle den Bestatter. Und informiere die nigerianische Botschaft!"

„Also keine Obduktion?", fragte Jonas.

Kommissar Galis starrte ihn an.

„Auf was deutet die Szenerie hier hin?", ätzte Alex.

„Tod durch Erschießen", antwortete Jonas.

„Bravo. Großes Kaliber. Da wir die Todesursache also schon kennen, können wir uns die Obduktion sparen!"

„Gut. Was machen wir mit den anderen?", fragte Jonas.

„Was soll mit denen sein?

„Das sind doch alles Illegale!"

„Wenn du die verhaftest, stehen heute Nachmittag Dutzende von Hoteliers beim Bürgermeister. Ohne die Leute hier geht auf dieser Insel wenig. Und jetzt fang an mit der Spusi. Ich schicke dir Verstärkung", sagte Kommissar Galis.

Und ich gehe ins ‚Da Vinci' auf einen doppelten Espresso, dachte Alex.

Jonas schaute grimmig.

Und du gehst jetzt ins ‚Da Vinci', du fauler Sack.

3

Kaum hatte Alex das Rathaus betreten, kam ihm auch schon Maria entgegen.
„Der große Zampano will dich sehen!"
Als Alex das Zimmer des Bürgermeisters betrat. sah er, dass Christeas Gräben in seinen Teppich lief.
„Ah, endlich. Habe ich richtig gehört? Ein Mord? Die ersten Hoteliers haben schon angerufen. Das ist nicht gut. Das ist überhaupt nicht gut. Hoffentlich hält sich das Medienecho in Grenzen!"
„Das wird es", meinte Alex.
„Warum sind Sie sich da so sicher?", fragte Christeas.
„Weil das Opfer ein Ne … äh .. Schwarzafrikaner ist!"
„Oh Gott sei Dank, ich dachte schon, es hätte einen Touristen erwischt! Das ändert alles. Vielleicht ein Streit untereinander. Afrikaner sind sich ja untereinander nicht grün. Oder es ist eine Drogengeschichte", sagte Bürgermeister Christeas.
„Der Fakt bleibt derselbe: ein Mensch ist tot", erwiderte Alex gereizt.
„Aber die Konsequenzen sind andere. Ersparen Sie mir Ihr Gutmenschentum. Schaffen Sie die Leiche von der Insel weg und stellen Sie sie vor irgendeiner afrikanischen Botschaft in Athen ab!"

Kommissar Galis verließ das Rathaus und stand plötzlich inmitten eines chinesischen Touristen-

Bataillons, das sich in erschreckend synchroner Weise fortbewegte.

Alex hatte Glück.

Er bekam noch einen Platz im „Da Vinci", seinem Lieblingscafé. In ihm brodelte es.

Jonas war nicht nur ein Rassist und ein Faschist, sondern generell ein Konstruktionsfehler des Herrn. Das Opfer hat eine richtige Ermittlung verdient, doch dafür bräuchte er die nötigen Mittel. Die große Spusi aus Athen. Beamte, die jeden Bewohner der Containersiedlung vernehmen. Aber Bürgermeister Christeas hatte die Richtung schon vorgegeben:

Leiche schwarz bedeutet: wir tun nichts.

Alex seufzte.

Mir fehlt die Kraft zum Kämpfen. Und vielleicht hat Christeas sogar recht. Ob die Gemeinschaft der Containersklaven bereit ist, mit ihnen zu reden: zweifelhaft.

Alex zahlte und war zehn Minuten später in seinem Haus angekommen.

Es war leer.

Was mache ich hier?

Was mache ich auf dieser Welt?

Er blickte in den Badspiegel und sah einen erloschenen Mann.

Was würde dir Spaß machen, Alex?

Mir fällt nichts ein.

Sex?

Nö. Zu anstrengend. Außerdem wertlos, wenn man den Menschen nicht liebt. Ansonsten ist Sex so erotisch wie eine Darmspülung.
Aber wo findet man einen Menschen, der es wert wäre und der meinem Leben wieder einen Sinn geben würde?

4

Kommissar Angelos Nikakis war vor kurzem von Athen nach Saloniki versetzt werden. Ein Problem, denn alles, was aus Athen kam, war grundsätzlich verdächtig. Besonders dann, wenn der neue Leiter der Mordkommission gerade Mal 28 Jahre alt war und verdammt gut aussah.
In den ersten Tagen war es totenstill, wenn Angelos die Räume betrat. Alle Frauen im Raum starrten ihn an wie eine göttliche Erscheinung. Doch schnell merkten sie, dass er nicht sonderlich interessiert war.
„Für die Frauenwelt verloren", lautete die Feststellung.
Mit der Diagnose „schwul" war den männlichen Kollegen klar, wie denn die Beförderung vonstatten-gegangen war.
„Wahrscheinlich musste er Siopsis einen blasen!"

Hector Siopsis war der Polizeipräsident von Athen. Doch nach einem halben Jahr waren sich alle einig. Angelos Nikakis war ein herausragender Kommissar. Drei Mordfälle gelöst. Hinzu kamen zwei Entführungen, beide unblutig beendet.

Angelos Nikakis betrat den Besprechungsraum. „Sitzenbleiben. Hat jeder seine Waffe dabei?" Vereinzelte Ja-Rufe. „Wieso haben wir nur eine Waffe? Das ist unfair. Für jeden ersichtlich haben Sie zwei", sagte Nikos, der Quoten-Homophobe. Vereinzeltes Gelächter. „Wenn ich nicht schwul wäre, würde ich heute Nacht Ihre Frau durchvögeln. Ich habe gehört, es gelüstet sie nach Größerem!" Der Saal brüllte, während Nikos mit hochrotem Kopf hinausstürmte. „Kindergarten hiermit beendet? Gut, dann zur heutigen Razzia!" „Hier haben wir den alten Steinbruch. Sonderlich helle sind Faschos meist nicht. Den Beweis seht ihr hier: es gibt nur eine Zufahrt zu den beiden Barracken. Dahinter der Steinbruch, aber bei Nacht käme nur ein geübter Kletterer hoch. Unsere Verdächtigen sind bekanntlich übergewichtig und unsportlich. Adolf würde in Tränen ausbrechen, würde er diese Arier sehen. Dennoch: auch Spinner sind gefährlich und ihr Arsenal ist beachtlich. Unser Vorteil ist, dass wir wissen, dass die Waffen fast alle in Schuppen 2 lagern, während die Herren in

15

Schuppen 1 gerade ruhen und nicht wissen, dass ihr persönliches Stalingrad gerade beginnt! Wir nähern uns von den beiden Rändern der Zufahrt. Oben an der Bruchkante zwei Scharfschützen mit Nachtsichtgeräten. Wir brauchen sie lebend, denn wir haben zahllose offene Fälle, bei denen die Truppe als Täter infrage kommt. Sie sind die letzten Mohikaner. Ihre Parteiführer sind alle verhaftet und die anderen Gruppen auch. Dies wird der Tag, an dem die ‚Goldene Morgenröte' im Meer versinkt", sagte Angelos Nikakis.

Nikos hatte den Raum wieder betreten.

„Noch Fragen?"

Nikos hob den Arm.

„Wenn wir sie haben, wie sollen wir sie zu einem Gespräch ermuntern? Wollen Sie sie totvögeln?"

„Im Gegensatz zu Ihnen denke ich mit einem anderen Körperteil. Ich werde den überlebenden Herren mitteilen, dass wir sie verhören werden und es besser für sie wäre, uns etwas zu liefern!"

„Das ist wirklich innovativ. Das wird die sehr beeindrucken", spöttelte Nikos.

„Dann werde ich auf den Hubschrauber deuten und ihnen sagen, dass wir nach Moria fliegen. Dort warten ein paar Hundert Männer, Syrer und Afghanen, die erfahren haben, dass ein paar Nazis zu Besuch kommen, die an Seilen aus einem Hubschrauber hängen. Ich bin mir sicher, dass den Herren dann ihr Eid auf den Führer ziemlich egal ist! Genug geredet. Go!"

16

Eine Stunde später hatte das Einsatztermin den Schuppen gestürmt, ohne jeglichen Verlust.
Die fünf Rechtsradikalen saßen an Stühle gefesselt, mit der Wand im Rücken.
„Wer hat nun Lust auf einen Ausflug nach Moria?", fragte Angelos.
„Der blufft", rief der fetteste der Gefesselten.
„Bitte tragt doch die anderen ans Fenster, damit sie Start – und vor allem die Landung später – von der Loge aus beobachten können. Den vorlauten Fettsack schleppt ihr raus und bindet ihn an den Hubschrauber", befahl Angelos.
Noch dachten alle, dass es ein Bluff war, doch als der Hubschrauber leicht abhob und ihren Kameraden mit dem Gesicht nach unten über den Schotterweg zog, begriffen sie, dass es besser wäre zu kooperieren.
„Das entspricht nicht den Vorschriften", sagte Irini, eine der beiden Scharfschützen.
„Nicht mal ansatzweise. Aber ich kann nicht nachschauen – hier sind keine. Du kannst aber vor die Türe gehen, wenn …"
„Nein. Alles gut, Angelos", antwortete Irini und grinste.
„So meine Herren, bereiten Sie sich darauf vor, dass Sie ein ähnliches Komplett-Peeling erwartet. Außer es fällt ihnen doch noch das eine oder andere ein!"

Und wie erwartet plauderten die Herren – und bezichtigten sich gegenseitig der Mordtaten.

Angelos stand daneben und pfiff „Alte Kameraden".

Sie gestanden sieben Morde.

Darunter den an einem Schwarzafrikaner auf Mykonos.

Gegen 22 Uhr rief Kommissar Angelos Nikakis den zuständigen Kommissar auf Mykonos an.

„Kommissar Galis? Hier Kripo Thessaloniki, Angelos Nikakis. Störe ich Sie gerade?"

Es kam lediglich ein Brummen zurück.

„Es geht um einen Mordfall an einem Schwarzafrikaner bei Ihnen. Vor einer Woche!"

„Ja. Christopher Nkonko. Er wurde auf dem Klo erschossen", sagte Alex mit müder Stimme.

„Dann habe ich gute Nachrichten. Wir haben den Mörder gefunden und er hat gestanden!"

Alex war vollkommen perplex. Niemand hatte sich für den Mord interessiert. Wie kann man dann einen Täter finden?

„Sie klingen überrascht, Herr Kollege. Manchmal fliegt einem die Frucht direkt in den Mund. Man sollte ihn nur aufmachen!"

Jetzt musste Alex lachen. Die Stimme klang sympathisch und ein gewisses Kribbeln erfasste ihn.

„Meine Kiefer sind weit auseinandergeklappt!"

„Wunderbar. Sie können eine Pressemeldung herausgeben, in der Sie der Kripo Saloniki danken, aber darauf hinweisen, dass Sie die Hauptarbeit geleistet haben", sagte Angelos.

„Aber das wäre eine Lüge", meinte Alex.

„Ich bin nicht scharf auf Medienapplaus, also ergreifen Sie die Gelegenheit und holen Sie sich ein paar Bonuspunkte!"

„Ich danke Ihnen, Herr Ni ..."

„Nikakis. Angelos Nikakis. Und sollte ich auf Mykonos auftauchen, laden Sie mich gefälligst zum Abendessen ein!"

Die Stimme lachte. Ein freundliches, natürliches Lachen.

Ja. Ich lade dich gerne zum Essen ein, denn ich will sehen, was sich hinter der Geschichte verbirgt.

Und beim Essen würde es nicht bleiben.

5

Olga Pilsudski machte ihren täglichen Rundgang durch ihr Etablissement. Es war eine Einrichtung speziellerer Natur, beileibe kein Bordell, sondern eher ein Ort, an dem man seinen geheimen Vorlieben freien Lauf lassen konnte. Wobei diese Vorlieben meist nicht nur geheim, sondern auch monströs waren.

Olga hatte diese Marktlücke schnell erkannt und geschlossen. Auf den Philippinen fand der Testlauf statt und er verlief erfolgreicher als gedacht.

Und so zogen sie und ihr Unternehmen in eine Gegend der Welt, wo die Diskrepanz zwischen den

Wünschen und der gesetzlichen Realität besonders groß war: nach Dubai.

Alle Studios hatten einen separaten Ausgang, der im Treppenhaus endete. So mussten die Kunden beim Verlassen nicht durch die restlichen Räume. Ein Licht zeigte Olga an, ob der Raum verlassen war.

Sie öffnete die Türe und was sie sah, bewegte sie nicht.

Im Bett lag eine blutverschmierte Leiche. Eine junge Frau, Anfang 20. Der Kunde hatte offensichtlich Spaß daran, Frauen zu verprügeln, bevor er sie vergewaltigte.

Olga tastete die Halsschlagader ab. Keine Reaktion. Sie holte ihr Handy aus der Tasche.

„Studio 2 saubermachen. Müll entsorgen!"

Letzteres bedeutete, dass ihr Mitarbeiter Pavel den Leichnam über den Aufzug in die Tiefgarage schaffen würde. Ins Auto damit und ab in die Wüste. Und Wüste hatten die Emirate genug. Eine Leiche in der Wüste stand auf dem Speisezettel zahlreicher Raubvögel.

Die Frau würde nie entdeckt werden.

Olga ging weiter zu Türe 2.

Und erstarrte.

Das ganze Zimmer war blutverschmiert. Im Bett lag ein kleines Kind. Ohne Gesicht war es schwer, das Alter zu schätzen, aber älter als fünf war es nicht.

Olga begriff sofort, was das bedeutete.

Sie holte ein feuchtes Tuch und versuchte, das Gesicht freizulegen.

Kein Phillipino. Kein Bangla-Deshi. Das Kind hatte arabische Züge.

Bedeutet: es würde vermisst.

Dieses dumme Arschloch, dachte Olga, ermahnte sich aber sofort, den Notfallplan zu aktivieren .

Sie holte ihre Fluchttasche, die seit einem Jahr immer gepackt in ihrem Büro stand.

Sie riss die Festplatten aus ihren Notebooks und stellte sie in die Mikrowelle. 30 Minuten höchste Stufe.

Pass und Geld holte sie aus dem Safe. Dann schleppte sie einen Kanister aus dem Putzraum und verteilte den Inhalt in jedem einzelnen Raum über den Boden. Der nächste Punkt auf ihrer Liste: Ausschalten der Rauchmelder. Es war Samstag. Das alte Bürogebäude lag am Rande eines Gewerbe-gebietes. Hier war niemand zu Fuß unterwegs. Olga hatte 15 Minuten kalkuliert, es wurden vierzehn.

Sie raste aus der Tiefgarage, während es oben eine Verpuffung nach der anderen gab und erreichte in 15 Minuten Jumeirah Beach. Noch zwanzig Minuten bis zum Flughafen. Pavel und Oleg fuhren separat.

In kürzester Zeit hatte Olga alles verloren, aber wenn man darauf vorbereitet ist, kann daraus Neues erwachsen.

Schon bald nach ihrer Ankunft in Dubai hatte sie sich nach einem Alternativstandort umgesehen und war fündig geworden. Ein Ort, der von Geld regiert wurde, quasi Polizei-frei war und über beste Verkehrsanbindungen verfügte.

Auf ihrem Ticket stand als Ziel JMK. Mykonos.

6

Wo bleibt denn der ‚Dom Perignon?'", brüllte der versoffene und fettleibige Holländer, der zwei Blondinen im Schlepptau hatte.

Das waren die Momente, in den Alex daran zweifelte, ob die Entscheidung, eine Bar zu eröffnen, wirklich richtig war. Natürlich brauchten er und Angelos ein zweites Standbein, denn eine Privatdetektei braucht Zeit, um sich Bekanntheit und Reputation zu verschaffen. Auch wenn es sich um zwei waschechte Kommissare handelt.

Solange musste er das ertragen, was Angelos als „Gäste" bezeichnete, Alex hingegen als „versoffenen Pöbel". Doch immer dann, wenn Alex an der Entscheidung zweifelte, dachte er an die Zeiten, in denen ihnen beiden die Kugeln um die Ohren flogen.

Er um das Leben seines Mannes fürchten musste. Er ist das Glück meines vorher sinnentleerten Lebens. Daher mussten alle Gefahren umschifft werden und das hieß: beide mussten den Dienst quittieren und sich ihren Lebensunterhalt anderweitig verdienen. Auch wenn das bedeutete, dass man eben auch rülpsende und großspurige Engländer oder Holländer ertragen muss.

„Kommt gleich", rief Angelos.

Alex ging zu Angelos und flüsterte ihm ins Ohr: „Darf ich ihn über den Haufen schießen?"

22

Angelos lachte.

„Aber zuerst die Kreditkarte abnehmen!"

„Weißt du, ich bin doch sehr dankbar für deine Idee mit der Bar. So sehe ich deinen unfassbaren Hintern sieben Stunden am Tag!"

„Soll das heißen meine Rückseite ist der schönste Teil von mir?", meinte Angelos.

„Aber nein. Das hast du falsch verstanden!", ruderte Alex zurück.

„Versuche es doch einfach nochmal", sagte Angelos, der zwei Cocktails mixte.

„Du bist von vorne und hinten einfach eine Schönheit. Und unten erst. Hinzu kommt Klugheit, Witz und … verflucht, was war das letzte noch?"

„Sexgott, Alex, Sexgott. Ich schreibe es dir doch noch auf."

Beide lachten.

Angelos war die klassische griechische Schönheit, wie aus Stein gemeißelt. Muskeln, wo man sie braucht, ein ebenmäßiges Gesicht, dunkle Augen, die einen ins Innere zu ziehen scheinen. Im Gegensatz aber zu vielen schönen Menschen, die um ihre Schönheit wissen, blieb Angelos natürlich und: witzig. Jede ernste Situation und jeder Streit wurden entschärft, in dem Alex´ Mann einen lockeren Spruch zum Besten gab, der selbst den erzürntesten Alex zum Lachen brachte. Dennoch war er sensibel.

„Mein Märchenprinz", sagte Alex oft.

„Dein privater Gott", meinte sein Freund Allessandrou. Allerdings musste auch der mittlerweile eingestehen, dass Angelos Alex guttat. Und solange

Alex glücklich ist, soll es mir recht sein, dachte Alessandrou.

Kennengelernt hatten die beiden sich hier auf Mykonos. Alex war der Chef der kleinen Polizeistation auf der Insel, die gerade aus vier Beamten bestand. Zwar wurde die Insel regelmäßig von Horden ausländischer Touristen überschwemmt, aber für die große Zahl an Menschen passierte relativ wenig. Sicher, es gab ein paar Handtaschendiebstähle und einige Einbrüche – angesichts der Villen der Superreichen keine Überraschung. Und ja, natürlich wurden Drogen konsumiert. Na und? Ein bisschen Koks hat noch niemand umgebracht, war Alex´ Einstellung. Die Clubbesitzer – als Verkäufer – und die Partygänger – als Konsumenten – freuten sich.

Nur Alex´ strohdummer und karrieregeiler Stellvertreter Jonas, glaubte, er müsse den Inselfrieden nachhaltig stören durch etwas Überflüssiges wie eine Drogenrazzia.
Bei einer solchen lernten sich Alex und Angelos kennen. Im Nachhinein muss ich Jonas sogar dankbar sein, dachte Alex.
Wer hätte das je gedacht.

7

Jonas hatte vor dem „Scorpio's" vier Autofahrer festgenommen, aber vergessen, dass er in seinem Wagen nur Platz für drei Verhaftete hatte und so rief er seinen Chef an.

„Nur weil du nicht zählen kannst, soll ich jetzt nach Paraga fahren?", fauchte Alex.

„Aber, Chef, das sind Kriminelle!"

Kurz überlegte Alex, ob Dummheit nicht auch ein Verbrechen ist und er nicht lieber Jonas verhaften sollte.

Aber er fuhr dann doch nach Paraga.

Da sah er auch schon das Polizeiauto. Mit Blaulicht. Der Idiot würde es nie begreifen.

„Hallo, Chef. Drei habe ich, der vierte sitzt da im Auto. Behauptet, er sei ein Kollege! Ich bringe meine zum Drogentest!"

Verschwind einfach, dachte Alex, und ging auf den Wagen des vierten Verhafteten zu.

„Polizei Mykonos. Bitte steigen Sie aus!"

Tja. Was dann ausstieg, war definitiv der bestaussehendste Mann, den Alex je gesehen hatte.

„Äh, mein Kollege hat sie aufgehalten wegen Ihrer wunderschönen Augen!"

Was rede ich für einen Stuss?

„.äh, wegen erweiterter Pupillen, Entschuldigung!"

Angelos grinste schon leicht.

„Äh, wir sind Kollegen, meinte mein Mitarbeiter?"
„Nun, das kommt darauf an, wie Sie Kollege
definieren. Wenn Sie damit meinen, dass mir Ihre
blauen Augen auch gefallen, ja, wenn Sie meinen,
dass ich auch Polizist bin – ebenfalls."
„Wichtig wäre mir ersteres, äh, natürlich letzteres",
stammelte Alex, der allmählich die Kontrolle über
Gehirn und Sprache verlor.
Der Kerl schaut aus wie Adonis!
„Danke für das Kompliment, aber mein Name ist
Angelos!"
„Ich habe doch gar nichts gesagt", meinte Alex
verdattert.
„Doch. Sie meinten, ich sähe aus wie Adonis!" Und
Angelos begann laut zu lachen.
„Aber, Herr Kommissar mit den schönen Augen,
verraten Sie mir doch jetzt Ihren Namen!"
„A-A-Alex!", stotterte er.
„Mit drei ,A'?", fragte Angelos mit frechem Gesicht.
Alex! Beruhige Dich! Du vermasselst alles!
„Gut, dann mache ich jetzt weiter. Ich bin Angelos
und ich arbeite für die Kripo Thessaloniki. Wir haben
jetzt drei Möglichkeiten. A = wir fahren zum
Drogentest. B = Sie bringen mich zu meinem Hotel.
C = Wir fahren zu Ihnen."
Dabei lächelte Angelos das unschuldigste Lächeln
der Welt.
Als Alex zu Angelos ins Auto stieg, sagte dieser aber:
„C können wir gerne machen, aber ich schlafe
niemals mit jemandem, mit dem ich nicht
mindestens drei Dates hatte!"

Alex lächelte.

„Zählt heute schon dazu?"

„Auf jeden Fall!"

Und wieder lachte Angelos.

Und Alex war seit vier Minuten unsterblich verliebt.

8

Zuhause bei Alex in Ornos sah er Angelos zum ersten Mal im Licht. Und er erkannte, dass sein erster Eindruck ihn nicht getäuscht hatte. Das war ein Haupttreffer. Trotz all seiner Verwirrung hatte er trotzdem noch den Fuß auf der Bremse. Vielleicht war er arrogant? Oder er hatte eine andere Macke? Doch nichts dergleichen.

Sie setzten sich ins Wohnzimmer. Angelos hatte fünf freie Tage und beschlossen, sie nicht zuhause in Thessaloniki zu verbringen, sondern nach Mykonos zu fliegen. Wärmer und vor allem: weg von Thessaloniki und seiner Arbeit! Er war nicht auf der Jagd nach einem Mann. Dennoch lief er direkt in die Arme jenes Mannes, der nicht mehr daran glaubte, dass es unter Männern eine halbwegs normale Beziehung geben könnte. Zu viel Drama, zu schnelle Wechsel, notorische Untreue und der ständige Klatsch ließen ihn an seinesgleichen zweifeln. Deswegen bewegte sich Alex nur langsam auf Angelos zu, obwohl dieser ihn anzog wie ein Turbomagnet.

„So, mein lieber Alex. Sex fällt aus und zum Drogentest muss ich wohl auch nicht. Was machen wir denn nun?", fragte Angelos ganz unschuldig.

„Espresso?"

„Doppelt bitte, Und dann plaudern wir ein bisschen!"

„Gerne. Habe ich dich schon nach deinem Namen gefragt?"

„Angelos. Sagte ich doch schon!"

„Nein. Der Nachname", meinte Alex.

„Nikakis!"

Es dauerte einen Moment, bis es bei Alex Klick machte. Der Kommissar mit dem Fascho.

Der Kommissar mit der geilen Stimme.

Doch Alex konnte nicht länger darüber nachdenken, denn schon in der Küche startete Angelos seinen ersten Angriff. Er legte von hinten die Arme um Alex´ Hüfte und begann, ihn an der Brust zu streicheln. Als er begann, Alex´ Ohr zu lecken, sah dieser nur noch Sterne.

„Was um Gottes Willen machst du dann beim dritten Date?", presste Alex hervor.

Angelos lachte.

„Ich muss doch erst testen, ob der andere überhaupt auf mich anspringt, sonst macht das Reden keinen Sinn!"

Was zunächst in Alex´ Ohren arrogant klang, hatte etwas für sich.

„Und? Habe ich den Test bestanden?"

Angelos umarmte ihn erneut. Alex spürte seinen Atem.

„Den hattest du schon vorhin bestanden! Dein Gestammel war einfach unwiderstehlich!"

„Unwiderstehlich peinlich. Es tut mir leid!"

„Was tut dir leid? Dass ich dir gefalle? Dass du mir gefällst?"

9

Sie saßen stundenlang auf der Couch und redeten. Alex über seine desaströse Ehe, während der er seine Frau mit einem 20-jährigen Kellner betrogen hatte. Er wusste bis dahin gar nicht, dass er für Männer etwas empfinden könne. Er dachte, die mangelnde Begeisterung auch für den Körper seiner Frau sei der Normalfall. Bis – wie hieß er noch? – Nikos – ihm zeigte, was Sex bedeuten kann. Aber das Problem mit schwulen Männern – noch dazu in jenem Alter – ist, dass Treue keine große Rolle spielt. Doch davon träumte Alex. Eine ruhige, stabile Beziehung.

Da diese nicht in Aussicht war, begnügte er sich mit ein oder zwei Abenteuern pro Jahr, wonach er sich jedes Mal ekelte.

Alex dachte, dass sein Los schon schlimm genug ist. Als aber Angelos von sich erzählte, erfuhr er, was wirkliches Leid war.

Als Angelos 18 war und seinen Eltern erzählte, dass er schwul sei, prügelte sein Vater ihn halbtot und warf ihn dann aus dem Haus. Trotzdem schaffte er es bis in den Polizeidienst. Sein erster Freund schien die große Liebe zu sein.

Wie das so ist in dem Alter. Doch Angelos war geistig weiter als sein Freund, der im Grunde ein Kind geblieben war. Und so ging es auseinander. Angelos dachte sich, ein älterer Freund wäre sicher vernünftiger – den er auch fand.

Doch eines Tages tauchte dieser Freund bei ihm auf, mit zwei anderen Typen. Sie schlugen ihn zusammen und vergewaltigten ihn stundenlang.

Alex stand der Mund offen. So etwas erzählt man doch niemandem, den man erst vor einer Stunde getroffen hat, ich bin doch ein Fremder, *dachte Alex.*

„Nein, Alex, du bist kein Fremder – wenn du das gerade gedacht hast", sagte Angelos.

„Gott sei Dank musste ich vorhin nicht viel reden. Ich hätte nämlich genauso gestottert wie du."

Es herrschte Stille.

„Was hast du danach getan? Du konntest natürlich nicht zur Polizei, denn du wärst zum Gespött der

30

Kollegen geworden. Und ich dachte immer, mir geht es schlecht. Aber so etwas. Danach?"
Angelos schaute teilnahmslos.
„Leere. Alkohol. Einsamkeit. Ich wollte niemand sehen. Keine Männer. Kein Sex. Ich habe mich von Athen nach Saloniki versetzen lassen. Jetzt hatte ich 5 Tage frei und dachte, es sei eine gute Idee, fortzufahren, um den Kopf freizubekommen. Obwohl der Kopf leider derselbe bleibt. Aber die Reise hat sich dennoch gelohnt!"
„Jemanden kennengelernt?", fragte Alex vorsichtig und hatte etwas Angst vor der Antwort.
„Ja, dich", sagte Angelos. „Und ich denke, dass ich meine Regel brechen sollte, wenn du es auch möchtest!"
Kommissar Galis hatte bereits eine mehr als schmerzhafte Erektion, sodass Widerstand nicht zur Debatte stand.
Als Angelos die Hosen herunterließ, entfuhr Alex ein „Grundgütiger".
Alex betrachtete das größte Geschlechtsteil, das er je gesehen hatte. Dennoch war es unglaublich schön.
„Ja, ich weiß", sagte Angelos. „Manchmal wünsche ich mir, ich hätte einen Kleineren. Aber glaube mir, ich kann damit umgehen!"

Und das konnte er.

Am nächsten Morgen fühlte sich Alex, als wäre er von einem Panzer überfahren worden. Jeder Muskel

31

tat ihm weh, aber es war ein unbeschreiblich schöner Schmerz.

Alex lebte wieder.

„Du siehst etwas verorgelt aus", sagte Angelos und lächelte. „War ich zu heftig?"

Alex starrte ihn ungläubig an.

„Bist du verrückt? Ehrlich gesagt, war das wohl mein erster richtiger Sex. Das vorher war dagegen irgendwas zwischen Murmeln spielen und Mikado! Danke!"

Angelos lachte.

„Du bist echt süß. Aber du brauchst dich ab jetzt nicht mehr für den Sex bedanken!"

Es dauerte eine Minute, bis Alex den Inhalt des Satzes begriff.

„D-du bleibst hier?"

„Wenn du das möchtest: ja!"

Und Alex mochte.

Die folgenden vier Tage wurden zu einem Rausch der Gefühle. In Lichtgeschwindigkeit fanden Alex und Angelos zueinander. Zwei Menschen, die sich im rechten Moment getroffen hatten und nach vier Tagen wussten: sie gehören zusammen.

Einen Monat später waren sie verheiratet.

10

He, ihr Schwuchteln. Wird das heute noch was?", blökte der Holländer.

Angelos ließ den Cocktailbecher fallen.

„Großer, ich mach das schon!"

Alex nahm das Tablett und setzte es auf dem Tisch ab. Der Mann war schon jenseits von Gut und Böse. Keine Entschuldigung für schlechtes Benehmen. Die beiden Grazien waren auch nur noch da, um den Dicken abzuzocken. Wahrscheinlich wollten sie ihm später die Brieftasche abnehmen. Sollen sie ruhig – aber bitte außerhalb der Bar.

Alex ging zurück zur Theke, holte den Kühler mit Eis und kippte ihn dem Holländer zwischen die Beine. Dann setzte er dem Dicken den Kühler auf den Kopf. Erstaunlicherweise war der Kopf so klein, dass der Kühler bis hinunter zu den Ohren reichte.

Leider aber konnte der Holländer noch so viel sehen, dass er mit einem Tritt in die Weichteile Alex ins Nirwana schickte. Er riss sich den Kühler vom Kopf, griff zur Champagnerflasche und wollte sie wohl auf Alex´ Kopf zerschlagen. Die beiden Hühner schrien und standen ihm schlicht im Weg. Bevor der Holländer zuschlagen konnte, war Angelos über die Theke gesprungen. Er packte den rechten Arm des Dicken mit beiden Händen fest – und brach ihm diesen mit dem Knie. Es war ein lautes Krachen zu hören und ein schreiender Holländer, der umfiel.

Angelos sah sich nach Alex um, der sich noch immer am Boden hin und her warf.

„Alex? Geht´s? Oder muss der Sex heute Nacht ausfallen?", fragte Angelos grinsend.

„Niemals! Auua. Ist mir schlecht", presste Alex hervor.

„Dem anderen geht´s schlechter", stellte Angelos nüchtern fest.

Die beiden Hühner zogen den Holländer, der immer nach „Politie" schrie, nach draußen.

Die „Politie" hingegen war schon anwesend, in Gestalt von zwei – wenn auch ausgeschiedenen – Kommissaren.

Angelos half Alex hoch.

„Das wird dann wohl unser erster Termin vor Gericht", meinte Angelos lachend.

„Aber dieses Mal als Barbesitzer!", ergänzte Alex.

„Außerdem haben wir Heimvortei!"

11

Rachel verstand nicht, was hier vor sich ging. Sie befand sich in einem großen Schlafzimmer. Das Bett war übersäht mit Kissen. Daneben stand ein Kosmetiktisch mit großen Spiegeln. Der Schrank war gefüllt mit schönsten Kleidern.

Aber sie wusste nicht mehr, wie sie hierhergekommen war. Sie erinnerte sich noch daran, dass die Fähre in den Hafen eingelaufen war und sie mit ihrem Rucksack von Bord ging.

Sie ging zum Taxistand und nannte dem Fahrer den Namen ihres Hotels. Sie wunderte sich nach ein paar Minuten, warum sie sich vom Meer entfernten, schließlich sollte ihr Domizil direkt am Strand liegen. Aber vielleicht war es ja eine Abkürzung.

Doch nach weiteren 5 Minuten fuhr das Taxi einen Berg hoch. Als sie den Fahrer fragen wollte, ging eine Trennscheibe hoch und ab da fehlte ihr jede Erinnerung.

Es war ein schönes Zimmer.

Aber dann stöhnte sie auf: sie war am rechten Fuß gefesselt, an einen schweren Holzstumpf.

Was war hier los?

Zwei Männer und eine Frau betraten das Zimmer.

„Was soll das hier?", schrie Rachel.

Sie hatte noch nicht einmal ausgesprochen, da traf sie ein harter Schlag mitten im Gesicht.

„Pass auf! Der Kunde will unversehrte Ware", sagte die Frau.

„Beschädigen will er sie selber", schickte sie hinterher.

„Los, Mädchen, setz dich da hin!"

Rachel gehorchte und setzte sich vor den Spiegel.

„Die Polizei wird mich suchen und dann landet ihr alle im Gefängnis! Man wird mich im Hotel vermissen", schrie Rachel.

Die Frau grinste nur.

„Du bist ein Nichts und deswegen wird dich auch niemand vermissen oder suchen!"

„Was wollen Sie von mir? Mein Vater bezahlt Ihnen alles, egal wieviel!"

Nun, dachte die Frau, dein Vater hat garantiert nicht das Geld, um dich freizukaufen. Zudem: die Ware wäre beschädigt. Und Orban zahlt viel mehr als dein Vater.

Die Frau betrachtete die Schwellung auf der Backe und behandelte sie mit Eisspray. Dann trug sie frisches Make-up auf.

„Wer ist ihr Kunde?", fragte die Frau.

„Orban", antwortete einer der Männer.

Dann könnte ich mir die ganze Arbeit im Grunde genommen sparen, dachte die Frau.

Das Mädchen sollte noch einmal in den Spiegel schauen, denn so würde sie hinterher nicht mehr aussehen.

Wenn sie denn überhaupt noch zu dem Spiegel käme.

Die Frau hasste Orban. Nicht wegen dem, was er tat, denn das war ihr Geschäft.

Es war die Art, wie er es tat. Die Sauerei, die er hinterließ. Er war ein perverses Tier.

Aber die sind oft am spendabelsten, was ihr eigenes Hobby anging. Und davon profitieren wir alle. Skrupel sollte man in diesem Geschäft nicht haben.

Einer der Männer bekam eine Meldung über seine Ohrstöpsel.

„Orban ist in 5 Minuten hier. Und er will Wasser und Kaffee!"

„Ich hätte auch gerne Kaffee!"; sagte Rachel.

Die Frau sah Rachel an, als wäre sie vom Mars. Armes, dummes Ding.

Oh Mädchen, du hast keine Ahnung, was hier gleich passiert. Einen Kaffee würdest du in deinem Leben nie mehr trinken - wenn du Glück hast, vielleicht mit einem Strohhalm.

„Holt die Getränke und dann raus hier", sagte die Frau zu den Männern.

Dann war Rachel allein.

Nach zehn Minuten ging die Türe auf und ein unglaublich hässlicher, dicker Mann betrat den Raum, zog sein Jackett aus und sagte zu Rachel nur:

„Aufstehen!"

Er sprach Englisch mit osteuropäischem Akzent. Rachel gehorchte. Kaum stand sie vor ihm, schlug er ihr mit voller Wucht die Faust ins Gesicht. Sie brach zusammen. Er trat die am Boden liegende Gestalt mit dem rechten Fuß brutal in den Magen und danach in die Nieren.

Dann schmiss er Rachel auf das Bett. Sie blutete heftig im Gesicht und war ohnmächtig. Er holte die Flasche Wasser und schüttete sie Rachel übers Gesicht.

Sie kam wieder zu Bewusstsein. Sie spürte aber keinen Schmerz. Die Angst hatte sie im Würgegriff. Sie begriff, dass sie dieses Zimmer womöglich nicht mehr lebend verlassen würde.

Orban zerriss ihr das Kleid.

Fünfzehn Minuten später fühlte sie nur noch Schmerz. Erniedrigung. Panik.

Orban hatte sich aufgesetzt und trank von seinem Kaffee.

Er stank bestialisch. Nach Schweiß, nach Knoblauch.

„Wasser", bettelte Rachel.

Sie bekam einen weiteren Fausthieb verpasst. Dann merkte sie, wie Orban sie umdrehte.

„Wenn du geglaubt hast, das sei es gewesen, muss ich dich enttäuschen. Die Kür kommt erst jetzt!"

Dann explodierte ihr Körper unter einer Woge von Schmerz. Noch schlimmer war das Gestöhne und der Geruch dieses Tieres.

Doch ihre Schreie blieben ohne Wirkung.

Das gesamte Haus war speziell schallisoliert.

Obligatorisch für Häuser wie dieses. Nichts darf nach außen dringen.

300 Meter weiter unten badeten die Urlauber am Strand von Kalo Livadi.

12

Vier Tage – 96 Stunden – waren sie zusammen, Alexandros, kurz Alex, und Angelos. Dann entschieden sie, alles hinter sich zu lassen. Alexandros Galis beschloss, den Posten bei der Polizei in Mykonos niederzulegen. Angelos Nikakis kündigte bei der Kripo in Thessaloniki, verkaufte seine Wohnung und stand eine Woche später vor Alex´ Haus in Ornos.

Mit gerade mal zwei Koffern.

Alex war mit 35 etwas älter als Angelos, 29, in jenem Alter also, indem Männer mitunter den Drang verspüren, etwas Neues zu beginnen. Oft, weil sie glauben, sie hätten etwas verpasst.

Im Falle der beiden war es ganz profan: die Liebe. Und die Gewissheit, dass der jeweils andere der Richtige war.

Alex hatte – außer dem Haus – kein Vermögen. Angelos hatte ein wenig Geld von seinem Vater geerbt. Genug, um eine Bar oder ein Café zu eröffnen und ein Büro für Ermittlungen. Es würde schon irgendwie gehen.

Der Zauber jedes Neuanfangs ist die Illusion.
Aber sie umschifften jede Klippe und waren in
kürzester Zeit Pächter einer Bar in Kastro, dem
östlichsten Teil der Altstadt, mit Blick aufs Meer.
Das Büro lag in einer Seitenstraße, keine zwanzig
Meter von der Bar entfernt, war aber noch nicht
bezogen. Step by step. Geld würde in erster Linie
aus der Bar fließen, zumindest am Anfang.
Über die Zukunft machten sich beide keine Sorgen.
So etwas wie Vollkaskomentalität war Alex und
Angelos fremd.
Irgendetwas geht immer. Hauptsache, man lebt.
Und stirbt nicht Jahr für Jahr langsam zwischen
Aktendeckel im Kampf gegen ... ja, gegen was? Als
Polizist im Kampf gegen das Böse?
Beide waren zu intelligent, um nicht zu erkennen,
dass ein Polizist nicht gegen das Böse kämpft. Er
arbeitet in erster Linie für die Reichen und Besitzen-
den. Wie oft musste Angelos in Thessaloniki erleben,
dass Vermögende mit Straftaten davonkamen, weil
sie gute Beziehungen hatten. Der einfache Grieche
hingegen wurde wegen ein paar Euro gnadenlos
verfolgt.
Dann kam die Krise und die Gehälter wurden drei
Mal gekürzt. Bis auf 900 Euro.
So viel war dem Staat also die Gerechtigkeit wert.
Ein Schlag ins Gesicht all derjenigen, die noch einen
Rest Motivation besaßen.
So fiel beiden der Abschied nicht im Geringsten
schwer. Schlimmer als bisher konnte es nicht
werden.

Natürlich war es hilfreich, dass Alex und Angelos sich in einer Art liebten, die jedes normale Maß überstieg. Es war nicht die explosionsartig auftretende Liebe, die schnell verpufft, auf die dann gleich die Nächste folgt.
Nein, sie fanden schnell heraus, dass sie sich blind verstanden. So heirateten Alex und Angelos gerade mal vier Wochen nachdem Alex Angelos „festgenommen" hatte.

13

Im Terminal in Thessaloniki, dem wohl schrecklichsten Flughafen der Welt, saßen die Herren Nikakis am Gate 12 und warteten auf ihren Flug. Sie hatten Angelos' Wohnung endgültig ausgeräumt.
„Sag mal, hast du es schon mal in einem Flugzeug gemacht?", fragte Angelos.
Alex lachte.
„Nein. Und vor dir wäre ich auch nicht auf die Idee gekommen, es auf einem Tretboot, einem Beichtstuhl oder in einer Seilbahn zu machen!"
„Du willst also sagen, ich habe dein Leben bereichert!" Angelos lachte.

„Das kannst du laut sagen. Und ich bin immer noch sehr dankbar dafür, mein Großer!"

„Ich aber auch, vergiss das nie!"

Stille.

„Aber die Flugzeit sind nur 40 Minuten. Da geht doch keiner auf die Toilette, schon gar nicht zwei", sagte Alex.

„Dann beeile ich mich halt ausnahmsweise!", sagte Angelos.

Alex lachte.

„Angeber!"

Tatsächlich war die Cabin Crew so beschäftigt, dass sie gar nicht mitbekamen, wie zwei Herren aus der letzten Reihe plötzlich verschwanden. 16 Minuten bis zur Landung abzüglich 3 Minuten landing position macht 13 Minuten.

„Das muss schnell gehen", dachte Alex. Kaum zu Ende gedacht, hatte Angelos schon das Kommando übernommen und Alex´ Kopf knallte gegen den Spiegel. „Bequem ist etwas anderes", presste der hervor.

Nun waren sie also auch im „Mile High Club", wenn man es denn sein musste.

„Man wird es uns ansehen", dachte Alex.

Das sollte ihr geringstes Problem sein.

Urplötzlich verspürte Alex einen Stich und heftige Schmerzen im Hintern. War die OP-Wunde wieder gerissen? Aber den Schmerz kannte er und dieser war weiter außen.

„Was ist los, Alex? Da geht nichts mehr. Ich stecke fest!"

Bitte, bitte nicht.

„Ich weiß es auch nicht. Bitte bewege dich nicht. Es tut höllisch weh. Ich befürchte, es ist ein Krampf im Schließmuskel", sagte Alex. niedergeschlagen. Er konnte sich den weiteren Verlauf des Tages vorstellen.

„Soll das heißen …?", fragte Angelos und fing lauthals an zu lachen.

„Nicht lachen, jedes Wackeln tut weh. Und nun los, mach´ ihn klein!"

Angelos lachte noch mehr.

„Der wird nie klein, merk dir das. Wenn du meinst normal, ich versuche es, aber wie macht man das?"

„Denk an Sex mit deiner Mutter, das funktioniert", meinte Alex.

„Ich bin offensichtlich gestört. Es geht nicht. Ich stecke fest", flüsterte Angelos ihm kichernd ins Ohr!

„Da gibt es nichts zu lachen. Ich glaube nicht, dass du dir einen Bruch bei der Landung holen möchtest!"

Alex wurde langsam mulmig. Ihm würde es auch nicht guttun. Bitte lass es jetzt „flutsch" machen und entspannen.

Aber das Klopfen an der Tür machte alles zunichte.

„Sie müssen auf Ihren Platz! Noch vier Minuten", sagte die Flugbegleiterin.

„Äh, wir haben ein gesundheitliches Problem", brüllte Angelos gegen den Lärm an. Und das Flugzeug schwankte bereits heftig im Landeanflug. Mykonos und sein gefürchteter Wind.

Er hörte von draußen den Satz „Nicht schon wieder! Dann halten Sie sich wenigstens fest!"

„Mist, verfluchter", meinte Alex.

„Halt dich fest", sagte Angelos.

„Danke. Das machst du schon!"

Die Landung war eher ein Aufschlag und Angelos hatte kurzzeitig das Gefühl, er verliere ein Körperteil. Alex hingegen glaubte, es reiße ihm eines auf. Dann rollte die Maschine zur Parkposition.

Noch eine Minute bis zur größten Peinlichkeit meines Lebens. Nein, der Richter würde noch schlimmer werden.

Und dann fing Angelos wieder an zu lachen. Und das war so ansteckend, dass sich auch Alex der Situation ergab.

Als das Flugzeug stand, hörten sie wieder die Stimme von außen.

„Wir müssen in solchen Fällen die Polizei rufen. Vorschrift!"

„Aber hier ist die Polizei", kicherte Angelos.

„Klappe, Angelos! Wir brauchen auch einen Arzt!"

„Wozu das denn?", fragte die Flugbegleiterin.

„Äh, wir stecken fest!"

Man hörte lautes Gelächter.

Wer würde kommen?

Jonas und Dr. Dimitriadis. Er würde sich drei Monate verkriechen müssen und dennoch würde man noch in 30 Jahren darüber lachen!

„Kommst du immer noch nicht raus?"

„Nein, Alex. Sonst wäre ich es schon. Es ist aber auch zu komisch. Huhaha!"

44

„Komisch? Es tut weh und wird saupeinlich." Alex wurde sauer.

„Nun gib mir nicht die Schuld. Hat ja keiner gesagt, dass du zuzwicken sollst."

„Hab ich nicht!"

Doch bevor Streit ausbrach, fuhr die Gangway heran. Jonas oder der Arzt?

Die Türe wurde geöffnet und man sah kurz das Gesicht einer Frau, die einen spitzen Schrei von sich gab.

„Das sind ja zwei Männer!"

„Was erwartest du denn auf Mykonos?", sagte eine zweite Stimme.

Dann hörte Alex Jonas.

„Aufmachen" – und die Türe ging auf.

Und Angelos sagte fröhlich „Hallo, Jonas!"

Der wiederum war so perplex, dass er einfach „Hallo, Angelos!" sagte und dann „Hallo, Chef!".

Der brummte nur.

„Das ist Ihr Chef?", fragte der Pilot.

„Ja, nein, äh, das ist der Ex-Kommissar von Mykonos!"

Das anschließende Gewieher der Crew war bis in den Flughafen zu hören.

„Na, Prost Mahlzeit", sagte der Pilot.

„Dimitriadis?", war das einzige Wort, das Alex hervorbrachte.

„Kommt. Sollen wir die Türe zumachen?", fragte Jonas.

„Ich bitte darum", sagte Alex.

Kaum war die Türe zu, brach Angelos wieder in schallendes Gelächter aus.

„Ich bringe Dich um", brummte Alex.

„Ach Alex, das ist doch einfach zu komisch." Und es wurde noch besser.

Auf der Gangway waren die nächsten Schritte zu hören. Die nächste Demütigung, aber auch die Erlösung.

Und wieder ging die Türe auf. Natürlich hatte Jonas den Arzt vorgewarnt.

„Guten Tag, die Herren Nikakis. Sie hatten es wohl eilig!"

„Spar Dir deine Scherze und hilf uns", brüllte Alex.

„Ein Rüpel wie immer. Ich dachte, Sie hätten einen guten Einfluss, junger Mann!"

„Entschuldigen Sie Alex, er ist wohl in einer gewissen Zwangslage", und fing schon wieder das Lachen an.

„Nun, Sie haben die Wahl! Tabletten, aber das kann dauern!"

Da schaltete sich der Pilot ein.

„Dafür haben wir keine Zeit. Wir müssen in 15 Minuten boarden!"

„Dann tut es mir leid. Dann bleibt nur die Spritze!"

„Aber nicht in meinen …", brüllte nun Angelos. Nun lachte er nicht mehr.

„Das war ja klar, dass ich derjenige sein werde", raunzte Alex.

Dimitriadis zog die Spritze auf.

„Wohin?" fragte Alex und dachte maximal an den Hintern.

„Na wohin wohl? Da, wo es klemmt. In den Muskel?"

„Und wenn Sie aus Versehen mich treffen?", fragte Angelos.

„Bringt Sie auch nicht um, sehen tue ich ohnehin nichts. So, irgendjemand trifft es jetzt!"

„Auuuuuuutsch!" Du Metzger!"

Es traf natürlich Alex.

„Dankbar wie immer", sagte Dimitriadis. Zehn Sekunden später waren die beiden Unzertrennlichen getrennt. Angelos sah sofort nach, ob etwas beschädigt war.

Alex konnte aus anatomischen Gründen selbiges nicht tun.

„Schaut vielleicht mal jemand nach mir?"

„Alles in Ordnung, Alex. Soll ich dir für das nächste Mal ein Muskelrelaxans aufschreiben?"

Alex´ grimmiger Blick sagte alles. Aber das Leiden hatte noch kein Ende, denn am Fuß der Gangway stand gefühlt das ganze Flughafen-Personal und klatschte.

Angelos hatte nichts Besseres zu tun, als mit dem Victory-Zeichen die Treppe hinunterzugehen.

Alex hätte ihn am liebsten umgebracht.

14

Die Frau hasste Orban. Nicht wegen den Dingen, die er tat, sondern wegen der Art und Weise. Das, was er tat, war ihr Geschäftsmodell, auf dem ihr Luxusleben beruhte. Und es funktionierte glänzend. Bestien, die ihre Gier stillen wollten oder mussten, gab es zuhauf. In der globalisierten Welt konnten sie zueinanderfinden, sich austauschen und „Tipps" geben.
Die Frau startete mit einem Haus auf den Philippinen, wo sie sicher war, dass man sich mit Bestechung die Polizei vom Hals halten konnte. Da der örtliche Polizeichef ähnlich skurrile Vorlieben wie ihre Kunden besaß, lief das Geschäft blendend.
Dann expandierte sie nach Dubai. Doch aus Gesprächen mit Kunden erfuhr sie, dass ein großer Teil aus Osteuropa und Russland stammt. Einem Teil der Welt, in dem Brutalität an der Tagesordnung ist. Wahrscheinlich klimabedingt, dachte die Frau.
Eine reine Vergewaltigung hatte keinerlei Reiz mehr für diese Männer. Das hatten sie schon längst hinter sich gelassen.
Die Frau hatte die Marktlücke entdeckt. Wenn zur Vergewaltigung die echte Erniedrigung, die Gewalt und – wenn gewünscht – die Tötung hinzukam, war das ein attraktives Gesamtpaket.
Für das die Kunden um die 200.000 Euro bezahlen mussten. Peanuts für ihre Klienten. Sie erfuhr aber von ihren Kunden auch, dass sie nicht gewillt sind,

bei Auftreten ihres Drangs fünf Stunden fliegen zu müssen.

Also brauchte sie einen Stützpunkt in Europa. Nicht ganz ungefährlich, denn mit Bestechung und Korruption funktionierte in Europa nur in manchen Staaten etwas. Zudem musste es ein möglichst abgeschiedener Ort sein, der dennoch leicht erreichbar ist. Ihr kleines Problem in Dubai führte zur raschen Neupositionierung des Unternehmens. Griechenland und Mykonos waren die logischen „Gewinner" der Standortsuche.

Eine Insel mit vier Polizisten, reicher Klientel, die in angeschlossenen Resorts wohnte. Hinzu kam, dass ein ständiger Trubel herrschte, bei dem der eine oder andere verschwundene Gast nicht auffällt.

Im Preis inbegriffen war auch die Beseitigung der Leichen. Für diese Leistung war sie auf die Hilfe von Einheimischen angewiesen. Sie mochte das nicht, denn es war schlicht eine zusätzliche Gefahren-quelle.

Menschen plappern.

Aber die Frau lernte schnell, dass Geld auf Mykonos eine Art Ersatzgott war.

Doch sie hasste Kunden wie Orban.

Nicht ein Quadratmeter des Zimmers war ohne Blutspritzer davongekommen. Es war eine General-sanierung fällig. Und dann der Zustand der Leiche. Mitleid hatte die Frau nicht, ansonsten hätte sie ihr Geschäft nicht betreiben können. Aber von Rachel war nichts mehr zu erkennen. Das Gesicht war nur noch Matsch, Gewebemasse. Das Schwein hatte ihr offensichtlich sogar ein Ohr abgebissen.

„Leiche wie üblich. Bett und Teppich in den Container. Dann der Reinigungstrupp."

Als sie wieder unten auf der Terrasse war, atmete sie tief ein.

Der Gestank – eine Mischung aus Blut, Kot, Urin und Schweiß – war ohne Atemgerät fast nicht zum Aushalten.

Gott sei Dank sind nicht alle Kunden so.

Da kam einer der Männer auf sie zu.

„Orban hat seine Bestellung für das nächste Mal schon aufgegeben. Diesmal will er ein Mädchen und einen Jungen. In acht Wochen."

„Du hast ihm schon gesagt, dass das …"

„… 400.000 Euro kostet. Ja, hab´ ich."

Gott sei Dank hatte sie zwischendurch auch „normale Kunden", die nur vergewaltigten und folterten.

15

Ein Amtsgericht hat immer einen gewissen Unterhaltungswert. Im Falle von Mykonos lag dies zum großen Teil an Richter Mantzaris, dessen Urteile hinsichtlich der Strafe mitunter kurios waren. Gerne erinnerte Kommissar Alexandros Galis sich daran, dass Mantzaris Alex´ Frau nach der dritten Anzeige wegen Ruhestörung bzw. Keifens für drei Wochen von der Insel verbannen ließ, damit „unser Kommissar sich entgiften kann." Es waren die schönsten Wochen seiner Ehe.

Auch Angelos hatte schon das Vergnügen, den Richter kennenzulernen. Es ist Sitte auf Mykonos, dass Bürgermeister und Richter, Letzterer auch Vorsitzender des Heimatvereins, jedem neuen Restaurant oder jeder neuen Lokalität einen Antrittsbesuch abstatten. Dies taten die beiden Herren am Tag vor der Eröffnung.

Fünf Minuten vorher hatte sich Alex aus dem Fenster gelehnt und die Aussicht auf Klein-Venedig und das Meer genossen.

„Eigentlich haben wir für heute genug gearbeitet. Und dann diese Aussicht! Was meinst du?"

Und so ging Angelos gerade kräftig zu Werke, als die Abordnung die Bar betrat.

„Oh, Bürgermeister, ich glaube, wir stören hier gerade!" Es war aber keineswegs so, dass der Richter Anstalten machte zu flüchten. Und ohne Scham sagte Angelos: „Guten Tag, die Herren, darf ich mich vorstellen, mein Name ist Nikakis", wohlgemerkt, ohne sein liebstes Hobby zu unterbrechen, „Angenehm" antwortete der Richter.

„Der Herr, den Sie gerade aus dem Fenster schieben, ist wohl dann unser ehemaliger Kommissar. Hallo, Alex!"

Alex presste ein leises „Hallo!" heraus und wurde knallrot. Glücklicherweise befand sich sein Kopf außerhalb des Fensters.

Dementsprechend fiel die Begrüßung vor Gericht aus.

„Der Angeklagte möge vortreten. Ah, Herr Nikakis. Schön, dass ich Sie nun auch von vorne kennenlerne!", meinte Richter Mantzaris. Alex lachte lauthals los.

„Ihnen wird vorgeworfen, am letzten Donnerstag einem Gast, oder besser gesagt, einem Holländer, den Arm gebrochen zu haben. Ist das Opfer als Zeuge hier? Gut.

Sagen Sie mal, Ihr Name ist wirklich „van dem Klo?" Kommissar Alex Nikakis begann wieder zu lachen.

„Noch eine Störung, und ich lasse Ihre Ex-Frau einfliegen, Galis!" An den neuen Namen hatte sich der Richter noch nicht gewöhnt – und würde es nie.

„Herr Klo, Sie haben die beiden Herren zuvor als „Blöde Schwuchteln" bezeichnet?"

„Van dem Klo, bitte. Ja, aber in Holland ist das eher eine Art Kosename. Dann hat dieser Brutalo mir den Arm gebrochen!"

„Immer langsam, Herr Klo. Zunächst haben Sie doch Herrn Galis in die Weichteile getreten!"

„Van dem Klo!! Nachdem er mir Eis in den Schritt geschüttet hat."

„Ich bin ausgerutscht, Herr Richter", sagte Alex von der Anklagebank. Angelos wollte mir helfen, rutschte seinerseits aus und fiel aufs Klo, äh, auf den Arm von Herrn Klo!"

„Gut, dann ist der Fall ja klar. Hat Ihnen Mykonos gefallen, Herr Klo?"

Der Holländer gab auf.

„Abgesehen von dem Gips, ja!"

„Freut mich. Die gute Nachricht: Sie dürfen noch vier Wochen bleiben! Sie werden täglich von 10 – 13 Uhr und von 18 – 21 Uhr auf der Uferpromenade Regenbogenfahnen für einen guten Zweck verkaufen. Jonas hier wird das Ganze von seinem Fenster aus überwachen. Sitzung geschlossen, Pass einziehen und abführen!"

Und Jonas, der Polizist, führte den dicken Holländer ab.

„Kumpanei, Bestechung", schrie Herr van dem Klo.

„Sitzung wieder eröffnet. Sechs Wochen!"

Beim Verlassen des Gerichtssaals konnte man von der Seite sehen, dass der Richter grinste. Er konnte Holländer nicht ausstehen. Zudem hatte Kommissar Alex Nikakis noch etwas gut bei ihm und ihn im Vorfeld gebeten, den Gutschein für seinen Ehemann einlösen zu dürfen.

16

Die Frau war Olga Pilsudski, geboren in der ostukrainischen Steppe. Schon als Kind zog es sie in die große Stadt, sie verachtete den Dreck und die Armut ihrer Heimatregion.

Drei Jahre später war sie in der großen Stadt. Kiew. Und wurde dort von ihrem Zuhälter zunächst verprügelt, vergewaltigt und dann auf den Strich geschickt.

Doch sie war stark. Ihr Zuhälter hingegen nicht der Hellste. Die Abrechnung fand immer am selben Ort und am selben Tag statt. So stand sie an einem dieser Cash-Tage vor Sergeij und schoss ihm zwei Mal ins Gesicht.

Olga packte das ganze Geld, die Stricheinnahmen einer Woche und saß drei Stunden später in einem Flugzeug nach Manila.

Dort eröffnete sie das erste „Haus für außergewöhnliche Träume", wie sie es nannte.

Sie war skrupellos und das musste man auch sein in dieser Welt.

Daher kannte sie auch kein Mitleid mit den Opfern. Sie sah dem Treiben ungerührt zu. All das hatte sie schon einmal selbst erlebt – gut, natürlich ohne anschließenden Mord. Aber damit war das Martyrium der Opfer vorbei. Zu ihrem Paket gehörte also auch die Erlösung.

Olga Pilsudski lebte ein Leben im Luxus.

Sie wusste dennoch: alles hat seine Zeit. Dem Haus
auf den Philippinen folgte Dubai. Stattdessen gab
es nun Mykonos, aber sie wusste: sie war ein moving
business. Immer in Bewegung bleiben, hieß:
schwerer zu fassen zu sein. Das beruhigte auch ihre
Kunden, die verständlicherweise auf Diskretion
angewiesen waren.
Und solche Kunden gab es überall.

Nun hatte sie Orbans neue Bestellung auf dem Tisch
und machte sich Gedanken, woher sie die Ware
bekommen sollte.

17

Nikos Katsetis arbeitete seit 40 Jahren im Hafen
von Mykonos. Die gute, alte Zeit gab es für
ihn nicht. Er hatte 30 Jahre im alten Hafen
seinen Dienst verrichtet. Ein Alptraum. Ein paar
Seilwinden und sonst nichts. Vierzehn Stunden Kisten
schleppen, die für jeden Rücken zu schwer waren.
All das inmitten eines Gewimmels aus Menschen,
Autos und Frachtgut.
Er war dankbar für den neuen Hafen, der vor zehn
Jahren einen Kilometer nördlich der Altstadt

errichtet worden war. Mit einem Kran und modernen Fahrzeugen. Katsetis selber fuhr mittlerweile einen Gabelstapler. Er trauerte der alten Zeit weiß Gott nicht nach.

Es war seine letzte Fuhre an diesem Tag.

Eine Kiste, die noch in den kleinen Kutter musste. Katsetis lud sie auf die Gabeln und fuhr los.

Dann passierte das, was ihm schon lange nicht mehr passiert war. Er geriet mit den Reifen in die Schienen des Krans und es zog den Gabelstapler seitwärts weg.

Dann krachte die Kiste aus einem Meter Höhe auf den Boden. Und heraus fiel eine Leiche. Ob Mann oder Frau war nicht mehr zu erkennen. Dort, wo ein Gesicht hätte sein sollen, war nur noch eine rote Masse.

Von unten fraßen sich bereits die Maden ihren Weg nach oben.

„Heilige Jungfrau!"

Nikos Katsetis übergab sich quer über das Cockpit.

18

Alexandros, kurz Alex, war früher wach an jenem Morgen des 12. Juni, und betrachtete seinen Ehemann Angelos, der nackt neben ihm lag und immer noch schlief. Ein Körper ohne jeden Makel, dachte Alex. Ein Mensch ohne dunkle Seiten? Bisher deutete nichts auf charakterliche Schwächen hin. Mit Angelos konnte man sich nicht streiten. Während Alex mitunter der Gaul durchgehen konnte, saß sein Partner da und dachte nach und argumentierte dann. Bei Entscheidungen genauso: sie entschieden alles gemeinsam, ohne jede Auseinandersetzung. Nicht weil einer nachgab, sondern weil sie schlicht derselben Meinung waren.

Sollte es so etwas geben?

Alex kuschelte sich an Angelos, der vor sich hin brummte.

„Aufwachen, Engel!", sagte Alex.

„Wozu? Willst du etwa schon wieder Sex? Das ist doch nicht normal für dein Alter!", sagte Angelos. Dabei lagen gerade einmal sechs Jahre zwischen ihnen. Dennoch sagte Angelos mitunter „mein alter Mann" zu Alex, der sich dann mit „Engelchen" revanchierte. Leider rutschte Alex dies ab und zu auch in der Öffentlichkeit raus. Immer noch besser als „Hasi", sagte er dann.

„Sei doch froh, dass dein Mann nicht genug von dir kriegen kann", antwortete Alex.

Und Angelos war tatsächlich froh darüber. Denn es war nicht die sexuelle Gier, die Alex, antrieb, sondern Liebe. Angelos wusste und spürte es.

Doch zwei Minuten später unterbrach ein brummendes Handy die Zweisamkeit.

„Mist! Ich habe vergessen, es auszuschalten!", fluchte Alex.

Es war ein hysterischer Bürgermeister, der Alex und Angelos sofort ins Rathaus bestellte.

Es gab eine Leiche, noch dazu im Hafen.

Des Bürgermeisters größter Alptraum. Schlechte Publicity, Druck machende Hoteliers und im Zeitalter von Facebook und Twitter eine Verbreitungsgeschwindigkeit von einer Nanosekunde.

Als Hauptkommissar Alexandros Galis vollkommen überraschend seine Kündigung einreichte, garniert mit der Nachricht, er würde einen Kollegen aus Thessaloniki heiraten, war Bürgermeister Christeas zwiegespalten.

Einerseits war er froh, denn er konnte den renitenten und chronisch respektlosen Galis nicht ausstehen. Andererseits hatte der die Insel gut im Griff und eine Aufklärungsquote von 100%, wenn auch mitunter unter Zuhilfenahme von griechischen Methoden.

Nun gab es also ein Problem. Galis´ Stellvertreter Jonas war schlicht zu dumm für den Job. Ein guter Kriminaler hingegen würde niemals für 900 Euro im Monat arbeiten. Und Mykonos war zwar der Traum

58

vieler Urlauber, aber hier zu leben war etwas ganz anderes, vor allem im öden Winter.

Als Bürgermeister Christeas von Galis erfuhr, dass die beiden Verliebten neben einer Bar auch noch eine Agentur für private Ermittlungen eröffnen wollten, hatte er die goldene Idee. Die Gemeinde würde die Stelle des Kommissars einfach streichen. Bei Schwerverbrechen sollten die beiden Ex-Kommissare die Ermittlungen übernehmen, gegen Honorar. Da sich die Zahl der Morde auf der Insel in Grenzen hielt, so hatte der Bürgermeister hochgerechnet, würde man so viel Geld sparen. Und mit diesem Nikakis aus Thessaloniki kam er zurecht, Galis konnte er ja aus dem Weg gehen, halt, der hieß jetzt ja auch Nikakis nach der Heirat.

Schöne neue Welt!

Galis hatte nur zwei Bedingungen: Sollte es eine Nummer zu groß und eine Schießerei zu befürchten sein, so müsste Christeas Kräfte aus Athen holen.

„Aber so war es doch bisher auch!", entgegnete der Bürgermeister.

„Meist, ja."

Arschloch. Oft genug war ich allein im Kugelhagel.

„Zweite Bedingung?"

„Weisungsbefugnis gegenüber der Polizei, insbesonders Jonas. Der hat die Fähigkeit, alles zu zerstören und noch dazu ist er das Inselklatsch-zentrum!"

„Kein Problem. MARIA!!"

Christeas schrie nach seiner Sekretärin.

59

„Schreiben Sie eine Vollmacht für Herrn Galis und Herrn Nikakis, dass sie gegenüber der Polizei Weisungsrecht haben! Mit Dienstsiegel!"
Der Innenminister und jeder Richter würden in Ohnmacht fallen. Aber das hier war Mykonos und hier galten andere Gesetze.
Vor allem seine.
Noch dazu waren in Notzeiten flexible Lösungen gefragt. Man müsste nur aufpassen, dass Honorar und Spesen sich in Grenzen halten würden.

„Haben wir sowas?", fragte Maria zurück.
„Was?"
„Na, ein Dienstsiegel!"
„Das müssen Sie doch wissen. Herrgott!"
Er würde hier noch wahnsinnig werden.
„Maria!", rief Alex hinterher.
„Es reicht eine Vollmacht für Herrn Alex und Angelos Nikakis!"

19

Ah, die Herren Nikakis!"
„Jassas, Bürgermeister", sagten Alex und Angelos.
„Großer Tag für Sie! Ihr erster Auftrag!", sagte Christeas.
„Weniger großer Tag für das Opfer", entgegnete Alex. „Viel scheint nicht übrig zu sein!"
„Woher wissen Sie das denn schon. Ich habe eine Nachrichtensperre verhängt", meinte Christeas aufgebracht.
„Die Nachrichtensperre, die Jonas miteinschließt, ist noch nicht erfunden", sagte Alex.
„Und ich dachte immer, das sei eine Domäne von Frauen", entgegnete Christeas resignierend.
„Galis, äh, Nikakis, halt, das sind Sie ja beide. Herrgott, hätten Sie nicht Ihre Namen behalten können?"
„Versuchen wir es doch mit Alexandros oder Alex und Angelos!", schlug Angelos vor.
Das Duzen ging dem Bürgermeister aber gegen den Strich, schließlich war er einer der Honoratioren der Insel. Er entschied sich für eine Mischform.
„Also, Alex, Sie wissen, was das bedeutet. Morgen fallen die Medien hier ein und noch viel, viel schlimmer ..."
„...der Hotelverband, der den Untergang des Tourismus fürchtet, eine persönliche und allgemeine

Verarmung prophezeit und die Polizei für unfähig hält!"

Womit sie bei Jonas recht hätten.

„Dann erkennen Sie ja den Ernst der Lage. Sie erhalten den Auftrag, den Mord aufzuklären. Aber halten Sie sich bitte bei Honorar und Spesen zurück, denn ..."

„... die Gemeinde hat wenig Geld!", ergänzte Angelos.

„Dann fahren wir am besten gleich in den Hafen, bevor Jonas noch mehr Schaden anrichtet!"

20

Aber es war schon zu spät. Schon aus 500 Meter Entfernung konnte man das Polizeiauto mit Blaulicht im Hafen stehen sehen.

„Sag mal, wie blöd kann man eigentlich sein?", fragte Angelos laut lachend.

„Da sind bei Jonas keine Grenzen zu erkennen", sagte Alex.

Sie fuhren mit ihrem Mini in den Hafen hinein und den Schienen entlang bis zum Fundort der Leiche, der durch das Blaulicht wohl noch in Athen zu sehen war. Hinzu kamen die 3.000 Gäste eines Kreuzfahrtschiffes, welches erstaunlicherweise nicht kenterte, obwohl alle Gäste auf einer Seite standen, um ja nichts zu verpassen.

„Was ist denn an einer Leiche so interessant?"

Angelos konnte es noch nie verstehen, was Menschen dazu bringt, bei Verbrechen und Unfällen stundenlang stehenzubleiben. Neugier, schon klar. Aber wonach?

„Jonas, du Idiot, mach das Blaulicht aus. Sag dem Kreuzfahrtschiff, es soll ins Hafenbecken zurücksetzen. Wenn sich der Kapitän weigert, sag ihm, ich lasse die Mannschaftsquartiere nach Drogen durchsuchen. Dann ist er an Weihnachten noch nicht in Santorini!"

Hafenarbeiter Nikos lachte sich ins Fäustchen. Er konnte Jonas auf den Tod nicht ausstehen.

„Sie haben hier gar nichts mehr zu melden", plusterte sich Jonas, auf dem Papier ranghöchster Polizist der Insel, vor Alex auf.

Angelos hielt Jonas das Papier des Bürgermeisters vors Gesicht: „Lesen und sich dann verpissen!"

Jonas verließ schnaubend den Fundort.

„Gut gemacht. Eine andere Sprache versteht der nicht", sagte Nikos.

„Ok, Nikos, woher kam die Kiste?", fragte Alex.

„Na, aus Schuppen 4", war dessen Antwort.

„Was mein Kollege meinte, wer war der Auftraggeber oder Absender?", fragte Angelos.

„Alex, wer ist das denn?"

„Nikos, das ist Angelos, mein Ehemann, ebenfalls Kommissar, aus Thessaloniki."

63

Es dauerte gut eine Minute, bis der Hafenarbeiter die Fülle an Informationen verarbeitet und begriffen hatte.

„Sachen gibt´s heutzutage. Aber jeder so wie er will."

„Die Antwort, Nikos, die Antwort!"

„Das wissen wir nicht. Auf der Kiste steht nur das Schiff, auf das sie verladen werden soll. Der Zettel enthält sonst nur den Stempel der Hafenbehörde."

Angelos verdrehte schon die Augen.

„Und den Zettel bekommt man vom Hafenmeister, der die Kiste kontrolliert?", fragte Alex.

Angelos begann laut zu lachen.

„Alex, schau dich um. Fähren, ein Kreuzfahrtschiff, Hunderte von Autos, die rein- und rausfahren. Und vier Mann Personal. Wie soll hier irgendwas kontrolliert werden? Vor allem, wenn etwas hinausgeht! Das interessiert niemand. Man kann schon nicht alles kontrollieren, was hineinkommt. Die Frachtzettel konntest du in Thessaloniki blanko bekommen. Der Hafen hat ja mit den Frachtkosten nichts am Hut. Heißt, es ist jemand seelenruhig mit einer Kiste, in der eine Leiche liegt, durch den Hafen gefahren und hat diese mit dem Frachtzettel versehen in Schuppen 4 abgestellt und darauf vertraut, dass Nikos das Ding anhand des Frachtzettels an Bord des Kutters bringt. Und der Reeder bekam sein Geld bestimmt aus ... ich würde sagen Panama!"

Nikos drehte sich zu Alex und sagte:

„Wenigstens hast du ein helles Kerlchen geheiratet!"

Alex grinste.

„Deswegen ja!"

Alex rief bei der Polizei an und sagte Irini, sie solle den Abtransport der Leiche in die Pathologie veranlassen, zunächst aber bei Dr. Dimitriadis in der Klinik anrufen, damit er eine grobe Leichenschau vornehmen könne.

„Ansonsten dauert es fünf Tage, bis wir irgendetwas erfahren", sagte Alex zu Angelos.

„Vermisste?"

„Fehlanzeige. Nein. Also ja, drei, aber niemand, bei dem die Größe stimmt!"

„Es war eine junge Frau, die allein unterwegs war, deswegen vermisst sie niemand. Rucksacktouristin vielleicht. Dann kam sie sicher mit der Fähre", vermutete Angelos. „Aber die Passagierliste ist so zuverlässig wie die Wettervorhersage, wenn es hier so läuft wie in Thessaloniki. Kann sein, dass wir nie erfahren werden, wer sie war."

„Engelchen, warte doch erstmal bis sich Dimitriadis das Ganze angesehen hat. Danke, Nikos!"

Alex und Angelos gingen zum Auto zurück.

„Wenn du mich noch einmal ‚Engelchen' nennst, bringe ich dich um", sagte Angelos.

„Oh Gott. Entschuldige. Ist mir rausgerutscht!"

„Tja, dafür rutscht mir heute Nacht nichts raus. Für jedes ‚Engelchen' gibt´s ab sofort einen Tag Sexverbot", meinte Angelos grinsend.

Alex muss das Gesicht so entgleist sein, dass Angelos laut zu lachen anfing.

„Na gut, dann auf Bewährung, Ich kann doch einem alten Mann nicht seine einzige Freude nehmen!" Groß war die Erleichterung bei Alex.

21

Olga tobte.
Sie wusste es zwar schon, aber nun stand es auch auf der Facebook-Seite der Gemeinde Mykonos. Auf dem Hafengelände sei eine Leiche gefunden worden. Ob Unfall oder Verbrechen wäre unklar. Natürlich, eine Leiche ohne Gesicht und mit schweren Verletzungen im Unterleib und Rektalbereich war ganz bestimmt ein Unfall. Angesichts des großzügigen Handgeldes, das der Hafenmeister erhielt, hatte sie ihren Blutdruck schnell wieder unter Kontrolle. Außerdem war das Chaos in den Abläufen im Hafen systemimmanent. Das konnte man nicht von heute auf morgen ändern. Und selbst dann würde die Gier der Menschen immer siegen!
Aber natürlich musste sie nun einen anderen Vertriebsweg für die Leichen finden. Mit dem Hubschrauber aufs Meer und abwerfen, hätte Charme. Der sogenannte argentinische Rundflug, erfolgreich erprobt von den argentinischen Generälen in den Siebzigern. Allerdings sollte man

dann auch den Piloten hinterherschicken. Nein, sie müssten die Exportware hier zwischenlagern und dann, wenn sich die Lage beruhigt haben würde, könnte man wieder den Hafen nutzen.

Sie rief nach Oleg, einem ihrer Assistenten, und beauftragte ihn, im Keller einen Kühlraum einbauen zu lassen.

„Geld spielt keine Rolle. Dann sind die bestimmt Montag da!"

Nachdem sie sich jetzt genug Gedanken um den Export gemacht hatte, konnte sie sich endlich um den wichtigen Part kümmern: den Import der Ware. Und da es sich um eine Doppelbestellung handelte, war es schwieriger als üblich. Aber doppelt so einträglich.

Und Olga Pilsudski liebte Herausforderungen.

22

Alex! Hier Dimitriadis! Sie sollten vorbeikommen!" Aufgelegt.

Der Chefarzt der Hygeia-Klinik war offensichtlich wenig begeistert von dem Klumpen Fleisch, den er im Keller liegen hatte.

So fuhr das Ermittlerduo über die Umgehungsstraße zum großen Kreisverkehr, an dem die Klinik lag.

Im Keller erwartete sie Dimitriadis mit hochrotem Kopf.

„Ich kann nichts dafür", sagte Alex schon aus zehn Meter Entfernung.

„Ich hätte die Spritze im Flugzeug woanders ansetzen sollen. Hallo, Angelos! Noch Nachwirkungen?"

„Nein. Ich fand das Ganze witzig, erlebt nicht jeder", sagte er breit lächelnd.

So war er. Genieren war ein Fremdwort für Angelos.

„Es war auch für mich etwas Neues", sagte Dimitriadis lachend. „Das Gesicht von dem Piloten, als er hörte, das wäre der Polizeipr ..."

„Schon gut. Genug gelacht auf meine Kosten. Zurück zum Thema", knurrte Alex.

„Die arme Kreatur da unten war in jedem Fall auch etwas Neues. Und ich glaube, da kommt viel Arbeit auf euch zu. Vom Gesicht ist nicht mehr viel zu erkennen. Solche Verletzungen kenne ich nur von Frontalzusammenstößen. Aber es waren eindeutig

Schläge, weil aus verschiedenen Richtungen. Der Rest ist noch viel schlimmer.

Sie wurde brutal vergewaltigt. Schwere innere Verletzungen, allein daran wäre sie verblutet. Das ist leider nicht alles. Sie wurde auch rektal vergewaltigt. Der Enddarm existiert praktisch nicht mehr!"

„Die DNA wird uns nicht helfen. Von den wenigsten Vermissten liegt die DNA vor",
sagte Angelos.

„Langsam, junger Mann!", meinte Dimitriadis.

Das ‚junger Mann' lief Angelos runter wie Öl. Kurz vor 30 bekommt jeder Mann seine „30-ich-werde-alt-Depression".

„Ich habe dennoch etwas für euch. Der Täter hat etwas übersehen!"

Daran scheiterten die meisten Täter. An EINEM von Hunderten Details, auf die der Täter geachtet hatte, aber eben eines übersehen hat.

Dimitriadis lächelte triumphierend.

„Es ist eine Frau zwischen 16 und 20 – und sie hat ein Tattoo unter der Achsel. Bestimmt schmerzhaft. Wahrscheinlich wollte sie es verbergen, vor ihren Eltern vielleicht!"

„Und was ist es für ein Tattoo?", fragte Alex.

„Ein Schriftzug – ‚Little Angel'"

„Engelchen", prustete Alex los.

„Ein Wort und du bist tot", sagte Angelos.

„Also ich finde hier nichts zum Lachen. Ziemlich makaber".

Dimitriadis drehte sich um und ging.

„Wir brauchen jetzt nur eine Vermisstenmeldung aus einem von 208 Ländern, bei der die Vermisste ein Tattoo trug, das aber wahrscheinlich nie jemand gesehen hat", meinte Alex.

„Ehrlich gesagt ist mir der Name des Opfers ziemlich egal. Das hier war eine Bestie. Und diese Bestie wird bald wieder Hunger bekommen".

Angelos hatte recht.

Geschehen ist dieses Verbrechen hier. Der Täter war oder ist hier. Wenn sie Glück hatten, war er geflüchtet. Ansonsten ...

23

Olga hatte derweil andere Sorgen. Sie hatte schon den ganzen Tag nichts als Ärger. Zwar kamen vormittags tatsächlich die Handwerker, die die Kühleinheit einbauen sollten. Dann aber gab es einen unerfreulichen Zusammenstoß im Darknet mit einem ihrer Stammkunden. Der wollte für seinen nächsten „Wellness-Aufenthalt auf Mykonos" ein Kind zwischen sechs und acht Jahren bestellen, Geschlecht egal.

Selbst für Olga war hier eine Grenze, die sie nicht überschreiten wollte. Warum konnte sie nicht erklären. Worin bestand der Unterschied zwischen der Folterung und Ermordung einer 17-jährigen und dem gleichen Szenario mit einer 6-jährigen? Vielleicht waren es Parallelen zu ihrer eigenen „Kindheit", die daraus bestand, dass Vater und Onkel schon, als sie fünf Jahre alt war, regelmäßig zu ihr ins Bett stiegen, um zu „spielen". Das Spiel machte ihr aber nie Spaß, sondern sie hatte jedes Mal Schmerzen und manchmal blutete es heftig.

Erst später begriff sie, was damals mit ihr geschah. Nun, ihr Vater starb rechtzeitig an Leberversagen und entging der Bestrafung. Aber ihr Onkel hatte dafür bezahlt. Sie hatte während ihrer Prostituiertenzeit in Kiew so manche Typen kennengelernt, die für 10.000 Euro ein Schlachtfest veranstalteten. Nachdem ihr erstes Haus in Manila gut angelaufen war, nahm sie Kontakt zu einem der alten Bekannten auf und bestellte für ihren Onkel eine Säurebehandlung, mit der Auflage, ihr Peiniger solle langsam sterben. Und natürlich wollte sie das Ganze auf CD. Sie bekam die CD im November, wartete aber bis Heilig Abend, bis sie sie anschaute.

Es war ihr Weihnachtsgeschenk an sich selbst.

Besonders entzückend war die Slow-Motion, als ihr Onkel feststellte, dass ihm soeben die Geschlechtsteile abgefallen waren.

Nun hatte sie einen Kunden verloren, aber drohen konnte ihr niemand. Ihre Kunden würden dann lebenslänglich einsitzen oder im Gefängnis ermordet werden. Der perfekte Schutz – natürlich waren die

Zimmer voll ausgestattet mit Kameras und dem, was man früher Wanzen nannte.

Sie sah den Belegungsplan für die kommende Woche durch und stellte fest, dass sie sich dringend um Orbans Bestellung kümmern musste.
Zwei. Doppeltes Risiko. Doppelter Verdienst.
Das Problem Entsorgung würde sich durch den Einbau der Kühleinheit auflösen. Nur die Akquise-Möglichkeiten waren durch den Leichenfund eingeschränkt.
Der Hafen käme momentan nicht infrage.
Bleibt die ohnehin bessere Variante: das „Scorpio's" – der angesagteste Beachclub der Insel.
„Oleg! Pavel! Wir fahren in einer Stunde!"
Es war für sie wie auf die Jagd gehen.
Schon als Kind begleitete sie ihren Vater bei der Jagd. Auch damals empfand sie kein Mitleid mit den Tieren. Im Gegenteil. Manche Tiere ließ sie qualvoll verenden.
Nun denn.
Halali!

24

Der beste Akquise-Ort ist ohne jeden Zweifel der Hafen. Menschen, Fracht, Lärm – wie leicht kann da jemand abhandenkommen, ohne dass es irgendjemand auffallen würde. Alles ohne äußere Zeichen von Gewalt.

In Piräus geht Pavel gewöhnlich an Bord der Fähre und sucht in den folgenden fünf Stunden nach geeigneter Ware. Ideal: Rucksacktouristen, weil meist jung und allein oder mit Gleichaltrigen. Pavel fotografiert die ausgewählte Ware und sendet die Aufnahmen an Olga, die die Entscheidung trifft. Noch an Bord beginnt Pavel ein harmloses Gespräch und fragt beiläufig nach dem Hotel, indem die Ware abzusteigen plant. Dann erklärt er, dass er dieses Hotel kenne und dieses einen kostenlosen Shuttle vom Hafen aus anbietet. Man brauche nach der Ankunft nur nach dem entsprechenden Schild Ausschau zu halten und spare so viel Geld.

Und verliert nebenbei das Leben.

Der Rest war einfach. Trennscheibe hoch, Gas anstellen, in Kalo Livadi aufs Zimmer legen.

Der Hafen war eindeutig die beste Variante, fiel aber aus bekannten Gründen aus.

So blieb Olga nur Variante 2: das „Scorpio´s". Täglich pilgerten Tausende Party-Touristen nach Paraga. Die, die hineinkamen, waren für Olga verloren. Olgas Interesse galt denen, die keinen Einlass fanden, meist weil sie zu jung waren, genau ihre Zielgruppe. Der Platz vor dem Beachclub war wie ein Supermarkt-Regal, aus dem man sich bedienen konnte. Das Beste: man musste nichts bezahlen.

Die Türsteher erledigten so die Arbeit für sie.

Die frustrierten Jungen und Mädchen sprach sie an, sie sei vom Beachclub XY und dort gäbe es keine Alterskontrolle. Sie brächte sie sogar hin.

Türe zu.

So gingen an diesem Abend Carmen und Pablo, beide um die 18 Jahre alt, arglos zu dem schwarzen Fahrzeug, auf dem oben „Taxi" stand.

Aus dem verdorbenen Abend würde doch noch etwas werden, dachte Pablo und freute sich.

Zwar wunderte er sich, warum sie offensichtlich ins Inselinnere fuhren, aber, hey, vielleicht ist es eine ganze besondere Location.

Und er würde Recht behalten:

es sollte etwas ganz Besonderes werden.

25

Rachel Thompson. 17. Aus London. Vermisst gemeldet seit 5 Tagen. Ihre Eltern haben die Polizei verständigt, nachdem sie sich nicht gemeldet hat, das Tattoo stimmt überein!", sagte Alex, nachdem er aufgelegt hatte.

Die armen Eltern. Leider musste man ihnen die Wahrheit sagen. Was ihrer Tochter geschehen war. In einem Punkt würde man sie dennoch anlügen. Die Identifizierung würde über DNA erfolgen, anhand der Zahnbürste in ihrem Rucksack, der in der gleichen Kiste lag wie die Leiche. Hoffentlich ist die englische Polizei so intelligent und verhindert ein Öffnen des Sarges. Der Anblick ihrer Tochter würde die Eltern ein zweites Mal sterben lassen.

„Aber das hilft uns nichts. Es geht um die Frage, ob es eine Einzeltat war oder nicht. Mich beschäftigt, ob der Kerl noch einmal zuschlägt. Nur nach hinten schauen, könnte ein furchtbarer Fehler sein. Ja, vielleicht ist der Täter nicht von der Insel, ein Tourist womöglich, oder aber er ist von hier oder ist noch hier. Den ganzen Ablauf im Hafen kennt nur ein Ortskundiger!", warf Angelos ein.

„Oder jemand aus einer Hafenstadt wie du", antwortete Alex. „So blöd es klingt, aber: die Antwort werden wir erst kennen, wenn ein zweites Verbrechen passiert ist."

Angelos nickte.

„Du wirst jetzt wieder lachen. Aber meine Intuition sagt mir, dass es einen zweiten Mord geben wird. Dass da draußen ein Psychopath unterwegs ist, im Schutz von 30.000 Menschen, die so viel Trubel veranstalten, dass niemandem irgendetwas auffällt. Er kann sich vollkommen frei bewegen. Niemand achtet auf den anderen, die eine Hälfte ist betrunken, die andere stoned."

„Ganz so schlimm ist Mykonos doch nicht, Angelos. Und bei Rachel lasse ich auf jeden Fall die Passagierlisten kontrollieren, vielleicht kommen wir so weiter", sagte Alex.

„Natürlich. Dennoch: stell dir vor, du wärst der Täter. Bist du ein Psychopath, so kann es ein wahlloses Opfer sein. Wo würdest du es suchen? Am Flughafen ist es zu auffällig, alles wird registriert. Ich würde mich am Hafen herumtreiben. Oder spät nachts an den Beachclubs", meinte Angelos.

Und traf damit den Nagel auf den Kopf. Er war in diesem Moment gedanklich gleichauf mit den aktuellen Abläufen, denn just zu der Zeit stiegen Pablo und Carmen in das Auto, das Auto des Todes.

26

Pablo merkte, wie ihm eine warme Flüssigkeit die Schenkel hinablief. Zum wiederholten Male hatte er sich eingenässt. Er konnte seinen eigenen Gestank riechen.

Was er ansehen musste, überstieg alles, was er sich je hatte vorstellen können. Trotz Internet und Darknet – das hier war von einem anderen Planeten, konnte nicht die Realität auf der Erde sein.

Er war gefesselt und wurde gezwungen, zuzuschauen.

Er musste mit ansehen, wie Carmen brutal zusammengeschlagen wurde. Ihr einst wunderschönes Gesicht war nur noch eine einzige blutige Schwellung. Dann hatte dieses ekelhafte Tier Pablos Freundin aufs Bett geworfen und brutal vergewaltigt. Ihre Schreie ließen Pablo verrückt werden. Nicht nur, dass er nichts dagegen tun konnte, er musste es mitanhören und zusehen. Er konnte die Augen nicht schließen.

Als die Schreie verstummten, hoffte Pablo, es wäre endlich vorbei. Doch es war nur eine Verschnaufpause. Orban begann erneut. Carmen schrie noch lauter als vorher. Gott, bitte! Pablo sah, wie der Blutfleck auf dem Bett immer größer wurde.

Das Schreien und Stöhnen wurde leiser und verstummte plötzlich ganz.

Sie war tot. Dennoch ließ dieses Monster nicht von seinem Opfer ab.

Aber Pablo konnte nicht weinen, es ging nicht. Zu surreal war das, was hier abging.

Würden sie ihn gehen lassen? Bestimmt nicht, dachte er resignierend.

Da hörte er die Worte:

„Und jetzt der Junge!"

Kaum gehört, spürte er einen Schlag und einen höllischen Schmerz in der Magengrube, kurz danach schien sein Gesicht zu explodieren. Er fiel in Ohnmacht.

Als er wieder zur Besinnung kam, war er ans Bett gefesselt – wie Carmen. Er zog an den Plastikfesseln, an den Bettpfosten – nichts rührte sich. Er drehte den Kopf nach links und sah am Boden Carmen liegen. Oder besser: ihre Leiche. Nichts erinnerte mehr an das bildhübsche Mädchen, das er so geliebt hatte.

Er hörte den dicken, ekelhaften Mann atmen. Er saß offensichtlich hinter Pablo auf dem Bett. Dann drückte es Pablo die Luft aus dem Körper. Der Dicke hatte sich auf ihn geworfen. Der Gestank war unerträglich und Pablo musste würgen. Er durfte sich aber nicht übergeben. Er würde sonst wegen des Knebels ersticken.

Dann kam er – der Schmerz. Pablo schrie wie am Spieß, doch hören konnte ihn niemand. Der Schmerz war überall und drohte, ihn verrückt werden zu lassen. Er spürte, wie in seinem Inneren etwas riss. Etwas Warmes lief ihm über die Schenkel. Diesmal war es aber Blut. Genau dies spornte Orban an. Pablo war schon nahe an der erlösenden

Ohnmacht, als das Tier laut aufstöhnte und auf ihm zusammensackte.

Wieder dieser widerliche Gestank. Pablo bekam ohnehin kaum Luft.

Er wollte schon der heiligen Jungfrau Maria danken, als er hörte: „Noch sind wir nicht fertig!"

Er hörte eine Türe knallen.

Drei Minuten lag er da, bis die Tür wieder aufging. Der Dicke setzte sich an das Kopfende und drehte Pablos Kopf zu sich.

Als der sah, was Orban in den Händen hielt, traten ihm fast die Augen aus den Höhlen.

Er flehte, er jammerte.

„Du weißt, was das ist?", fragte Orban grinsend.

Pablo riss trotz seiner Schmerzen an den Seilen. Allein – es half nichts.

„Du hast recht. Es ist ein Lötkolben!"

Pablo wand sich, ein letztes Aufbäumen.

Dann spürte er, wie der Mann ihm den Lötkolben einführte.

Pablo zitterte am ganzen Körper. Da begriff er endlich, dass er hier sterben würde.

Er hörte das Klicken eines Schalters.

Er spürte die Hitze zuerst an seinen Hoden.

Wenige Sekunden später hatte er das Gefühl zu brennen und schrie wie am Spieß. Der Schmerz überrollte ihn, von unten nach oben.

Dann spürte Pablo, wie ihm der Lötkolben eingeführt wurde. In seinem Kopf explodierte alles.

Dann hatte Gott Erbarmen.

Und ließ Pablo sterben.

27

Das ganze Haus stank nach verbranntem Fleisch. Olga musste würgen und sie war weiß Gott nicht empfindlich. Was zum Teufel hatte dieses Tier dort oben getan? Auf den Gedanken, dass auch derjenige ein Tier ist, der solchen Bestien eine Bühne bietet, indem er die Opferlämmer liefert, kam Olga nicht.

Mit Gewissen kann man ein derartiges Geschäft nicht führen.

Sie besah die Schlachterei, die vorher einmal ein schönes Zimmer war. Dem Jungen hing ein Kabel aus dem Rektum.

Sie hatte den Glauben an die Menschen schon längst verloren. Mit fünf. Der Mensch ist von Grund auf böse. Erkennt man dies rechtzeitig, überlebt man. Und kann viel Geld verdienen.

Hoffentlich bestellt er für das nächste Mal keinen Esel, dachte Olga. Als Pavel vom Flughafen zurückkam – denn Orban verließ immer möglichst schnell die Insel –, sagte er:

„Selbst nach dem Duschen stinkt dieses Schwein, es ist unerträglich. Ich möchte nicht neben dem im Flugzeug sitzen."

Da musste Olga Pavel recht geben.

„Hat er etwas über seinen nächsten Besuch gesagt?"

„Ja, Chefin. Er hätte das nächste Mal gerne einen richtigen Mann. Gutaussehend, Mitte oder Ende zwanzig. Die Jungen machen immer so schnell schlapp, seiner Meinung nach. Ich weiß, es ist dein Geschäft, aber sollten wir ihn nicht aus der Kundenliste streichen? Er wird immer schlimmer!"

„Zweifellos. Nur zahlt er auch jedes Mal mehr! Dennoch haben wir mit seiner Order ein Problem. Vor dem ‚Scorpio´s' fällt bei 25-jährigen aus. Bleibt nur Hafen oder wir greifen uns einen Touristen, der nach Hause geht. Sichtung im Club, folgen, dann das gleiche Procedere."

Olga war zufrieden mit sich.

„Wir haben dennoch ein Problem. Die Leichen. Das Kühlhaus steht zwar, aber der Strom ist noch nicht angeschlossen. Der Techniker kommt erst übermorgen. Auch mit Geld war er nicht zu überreden!"

Pavel machte sich klein.

Olga war kurz vor dem Platzen.

„Dann fährst du mit dem Boot raus und wirfst sie ins Meer. Aber weit raus, damit du die Südströmung erwischst!"

28

Das mit der Meeresströmung ist hinsichtlich der Leichenbeseitigung ein unsteter Partner. Aber Ost-Ukrainer sind Landeier. So hatten sie nicht bedacht, dass ein drehender Wind ein Unsicherheitsfaktor ist, zudem kann die Strömung selber variieren. Was dazu führt, dass manchmal wenige Meter darüber entscheiden, ob ein Leichnam im offenen Meer verschwindet oder vielleicht doch an einem Strand landet.

Familie Robertson aus Manchester beschloss an diesem Morgen, einen ruhigen Strandtag zu verbringen. Dies hieß: Ornos. Flache Bucht, ideal für Klein-Kevin und kein lautes Getöse.
Klein-Kevin ging mit seinen Schwimmflügeln in Union-Jack-Farben ins Wasser. Nach wenigen Minuten rief er:
„Papa, schau, ein großer Fisch!"
Papa Robertson sprang ins Wasser, bremste aber schnell ab. Ein Hai in Mykonos. Nein.
Geht gar nicht.
Klein-Kevin schwamm in seiner kindlichen Neugierde auf den großen Fisch zu.
„Papa, schau! Der Fisch hat ein Kabel dran. Ist der beleuchtet?"
Da sah Papa Robertson, dass es mitnichten ein Fisch war.

Was sollte er tun? Ein Ertrinkender, der vielleicht noch zu retten war?

Er entschloss sich, das zu tun, was Touristen immer tun: schnell weg, bloß kein Ärger.

Er zog Klein-Kevin zum Strand, ließ die Leiche im Wasser und ging zur Strandbar. Die sollten die Polizei rufen.

Die Familie Robertson packte ihre Sachen und fuhr zum nächsten Strand.

29

Alex lag am Strand in den Armen von Angelos. Wie er diesen Körper liebte. Und dieser Geruch. Angelos roch wie Pfirsich. Am Anfang dachte er, es komme von einer Lotion oder es sei Parfüm.

Aber er stellte fest, dass Angelos nichts davon nahm. Als er ihn fragte, sah ihn dieser ganz verständnislos an. Es war ein leicht süßlicher Duft, der Alex anzog wie der Honig die Bienen.

Alex sah Angelos an.

Was mache ich, sollte er jemals gehen? Nicht dass es irgendwelche Anzeichen dafür gäbe, aber Verlieben ist schnell passiert. Schau uns selber an!

Angelos sah keinen anderen Männern nach. Wohl registrierte er die Blicke, die man ihm hinterherwarf. Manchmal hörte man einen Pfiff oder ein „Wow", was Alex regelmäßig auf die Palme trieb.

Angelos lachte dann nur.

„Freu dich doch! Du hast offensichtlich einen gutaussehenden Ehemann!"

Alex knurrte dann meist.

„Keine Sorge, du weißt, dass ich auf andere Männer keinen Bock habe!"

„Das sagt man, wenn man nach zehn Jahren Ehe zu faul ist, sich wieder in den Club auf Suche zu begeben. Glück ist was anderes!", sagte Alex.

„Muss ich dir täglich sagen, dass ich dich liebe, dass du ein Glücksfall bist und ich mir nicht vorstellen kann, ohne dich zu leben. Dass ich ‚wow' denke, wenn ich dich ansehe, dass ich dich für blitzgescheit und gleichzeitig gefühlvoll halte?"

Alex musste schlucken. So hatte Angelos noch nie zu ihm gesprochen. Er war sprachlos.

„Jetzt tu nicht so, als würde dich das jetzt überraschen", sagte Angelos lächelnd.

Er sah, dass Alex wässrige Augen hatte und begriff.

„Ich sollte es wohl öfters sagen, wenn ich deine Reaktion sehe. Mein Fehler. Ich werde es öfters erwähnen, wenn es dir guttut. Und ich meine es wirklich so."

„Danke", war das einzige Wort, dass Alex zustande brachte.

„Ich hatte bisher nie Grund, so etwas zu meinem Partner zu sagen. Weil eben keiner so war. Im

Gegenteil, wie du weißt. Aber dann sollte ich dankbarer sein, dich getroffen zu haben. Obwohl, nein, dankbar bin ich unendlich. Ich muss es auch sagen und zeigen!"

Und dann fügte er hinzu.

„Aber der Titel ‚Sexgott' steht mir zu!", sagte Angelos und grinste breit.

Schon musste Alex wieder lachen. Kein Mensch hat mich jemals so oft zum Lachen gebracht wie Angelos.

Es ist die wichtigste aller Fragen: Bringt mich mein Partner regelmäßig zum Lachen?

Wenn nicht, dann schnell die Fliege machen.

„Den Sexgott darfst du mir zeigen, sobald wir zuhause sind", meinte Alex.

„Schon wieder? Heute Nacht, heute Morgen, jetzt. Bis du sicher, dass mit dir alles stimmt? Du bist schließlich schon 35!"

„Da muss man durch, wenn man ein ‚Sexgott' ist!"

Angelos lachte.

„Touché!"

Alex zögerte.

„Du willst mir doch noch etwas sagen!",

Angelos schaute ihn fragend an.

„Wir haben übermorgen einen Notartermin. Ich überschreibe dir die Hälfte des Hauses. Und ja keine Widerrede! Ich habe deinen Namen, nein, wir haben einen gemeinsamen Namen, dann sollte dir auch ein Teil unseres Hauses gehören!"

Angelos schaute vollkommen perplex.

„Aber das ist alles, was du besitzt! Mein Name war umsonst!"

Alex sah Angelos an.

„Nein. Ich habe dich. Ich besitze dich zwar nicht, aber ich möchte, dass mein Zuhause auch dein Zuhause ist. Und hoffentlich bleibt!"

„Hast du Zweifel, du Idiot? Gebe ich dir einen Grund dafür?", fragte Angelos fast belustigt.

„Nein, Angelos, Zweifel habe ich nicht. Ich habe nur Angst! Angst, dass ich dich verlieren könnte. Angst, dass du gehst. Angst, dass dir etwas passiert!"

„Und ich dachte, du bist rundum glücklich!"

„Das bin ich. Wie noch nie in meinem Leben. Aber ganz hinten im Kopf sitzt diese Angst. Du hältst mich bestimmt für verrückt", sagte Alex leise.

„Aber nein. Dann muss ich dir wohl die Angst nehmen! Ich habe diese Gedanken gar nicht. Ich komme gar nicht auf die Idee, dass du mich verlassen könntest. Obwohl es mich wahrscheinlich sogar mehr treffen würde als umgekehrt!"

„Nein, Angelos. Du weißt haargenau, dass ich …äh … wie …"

Alex stockte.

„Was, Alex? Dass du von mir abhängig bist? Doch. Das weiß ich und sehe ich. Ich bin mir sehr wohl bewusst, dass ich Verantwortung trage. Und ich trage sie gerne. Ich hänge aber nicht weniger an dir als du an mir. Das ist ein Irrtum."

Angelos machte eine kleine Pause.

„Vielleicht zeige ich es tatsächlich zu wenig oder sage es zu selten. Ich werde daran denken. Dann wird deine Angst verschwinden. Das schaffen wir gemeinsam. Deine Liebe hat mich wieder zu einem lebendigen Menschen gemacht. Nach der Vergewaltigung war ich tot! Dafür bin ich dir sehr dankbar."

„Ich wollte dir kein schlechtes Gewissen machen", meinte Alex kleinlaut.

„Nein. Du hast gesagt, was dich bewegt und was dir nicht passt. Und du hast definitiv recht. Aber zweifle nicht an meiner Liebe zu dir", war Angelos Antwort.

„Was bleibt dir auch anderes übrig? Sowas wie mich findest du nie mehr, alter Mann!"

Ich kann ohne ihn nicht leben, nicht mehr, dachte Alex.

Alexandros Galis, ehemals Hauptkommissar, was ist mir dir passiert?

Ganz einfach.

Du bist jetzt Alex Nikakis – und glücklich.

Genieße es und mache es nicht kaputt.

30

Chef? Oh, Angelos. Hier Maria!"
Die Polizeiinspektion von Mykonos. Offensichtlich wollte Jonas jeden Kontakt mit Angelos und Alex vermeiden.
„Was gibt´s?"
„Eine zweite Leiche. Furchtbar entstellt. Angespült ausgerechnet am Strand von Ornos. Der Leichnam ist bereits in der Klinik. Und der Bürgermeister ist am Toben!"
„Maria, sag dem Bürgermeister, wir fahren erst zur Leichenschau in die Klinik und kommen dann zu ihm. Und sagen Sie ihm, er soll Jonas daran hindern, gleich wieder eine Pressemeldung herauszugeben!"
„Hat er schon", sagte Maria.
War ja klar. Wenn Angelos und Alex scheitern sollten, wären sie erledigt und er würde gut dastehen.
„Alex? Wir müssen sofort los?"
„Was ist denn, Enge..", aber es war zu spät.
Elender Mist. Alex saß am Küchentisch und hätte sich verfluchen können.
Angelos kam ins Zimmer und stellte sich hinter ihn. Er leckte ihm die Ohren, streichelte ihn an der Brust – mit dem entsprechenden Resultat. Dann griff er Alex in die Hose.
„So, und ab heute lasse ich dich jedes Mal so sitzen, bis du aufhörst, mich ‚Engelchen' oder ‚mein kleiner Pfirsich' zu nennen. Und jetzt komm, wir haben eine Leiche!"

„Ich kann doch so nicht nach draußen", jammerte Alex.

„Wieso? Zum Laufen braucht man keine drei Beine!"

Als sie die Klinik erreichten, kam ihnen der Chefarzt entgegen.

„Lieber Gott, Herr Ex-Kommissar, kann es sein, dass wir Sie gestört haben oder leiden Sie an einer erektilen Dysfunktion in umgekehrter Richtung?"

Alex lief rot an und hielt sich die Hand vor den Schritt.

„Der ältere Herr hat eine Viagra zu viel genommen", sagte Angelos grinsend.

„Nicht ganz ungefährlich für den Blutdruck!"

„Das zahl ich dir heim", flüsterte Alex Angelos ins Ohr.

„Jetzt kommen Sie endlich. Keine Zeit für Späße. Und tief einatmen. So etwas habe selbst ich noch nicht gesehen", sagte Dimitriadis.

Als sie den Kellerraum betraten, wussten Angelos und Alex, was Dimitriadis meinte.

„Heilige Maria", brummte Alex.

„Die hat der armen Sau auch nicht geholfen! Ich habe die Leiche auf den Bauch legen lassen, damit Sie die Spezialität genau sehen können!"

„Was zum Teufel ist das?", fragte Alex.

„Ein Heizstab oder Lötkolben, oder?", fragte Angelos.

„Lötkolben. Der Junge wurde erst vergewaltigt, und zwar brutal. Dann hat man ihn mit dem Lötkolben getötet!"

„Oh Gott, ich dachte, das wäre post mortem geschehen", sagte Angelos.

Er hatte bei Vergewaltigungsopfern immer das Problem, dass er nicht die nötige Distanz wahren konnte, besonders bei männlichen Opfern. Schließlich war er selbst schon einmal Opfer gewesen. Schwule Männer müssen sich immer wieder anhören, es wäre doch nichts anderes als normaler Sex, nur etwas härter. Jeder, der diese Meinung vertrat, sollte selbst einmal einen Holzprügel in den Hintern gesteckt bekommen. Und dann geht es nicht nur um den rein mechanischen Vorgang, sondern um die Erniedrigung. Und seltsamerweise auch um die Frage der eigenen Schuld, dabei war man – er – nur Opfer.

„Der arme Kerl". Der Anblick machte Angelos schwer zu schaffen.

„Das ist aber noch nicht alles", sagte Dimitriadis und zog den Lötkolben heraus.

„Kommen Sie, wir müssen ihn drehen!"

Alex half ihm dabei. Der Anblick war fast noch schlimmer.

„Heilige..", begann Alex.

„Ja,ja. Gäbe es sie, würde sie so etwas nicht zulassen", murrte Dimitriadis.

Das Gesicht des Jungen existierte nicht mehr. Es war eine Masse aus Knochensplittern, Gewebe und Zähnen – alles durcheinander gemischt.

Dass es ein Junge war, konnte man nur an den Geschlechtsteilen erkennen. Obwohl ...

„Der Täter hat ihm die Hoden mit dem Lötkolben verbrannt. Hoffentlich ist er vor Schmerzen gleich in Ohnmacht gefallen!"

„So etwas könnte ich mir nicht einmal vorstellen", sagte Alex.

„Eines aber ist seltsam. Wir haben im Rektum auch Scheidenflüssigkeit gefunden, wenn auch in winzigen Mengen!"

Angelos überlegte.

„Lassen Sie mich den Kopf nochmal ansehen!"

Er ging um den Tisch und sah sich die zugeschwollenen Augen des Toten an.

Er fuhr mit dem Finger über die Augendeckel und die Stirn. Angelos lächelte. Er bewegte seine Finger gegeneinander.

„Kleber. Tape. Ihm wurden die Augenlider an der Stirn festgeklebt!"

„Wieso sollte jemand das tun?", fragte Alex.

„Damit er die Augen nicht schließen kann und etwas mitansehen muss!"

„Und was bitte?"

„Alex, sie waren zu zweit. Der Junge und seine Freundin. Der Täter hat sich erst die Freundin vorgenommen. Dabei sollte der Junge zusehen. Als er mit dem Mädchen fertig war, griff er sich den Jungen. So kam die Scheidenflüssigkeit in das Rektum. Es gibt also noch eine weitere Leiche. Irgendwo. Und eines ist jetzt auch klar: wir haben ein größeres Problem. Ein Psychopath und ein Serientäter. Dessen Drang offensichtlich in kurzen Abständen kommt und immer Neues verlangt!"

Dimitriadis drehte sich zu Alex und sagte:

„Gott sei Dank hast du einen Großstadtbullen geheiratet!"

31

Wieder im Auto sah Alex Angelos an.

„Das war überragend. Ich hätte diese Zusammenhänge nie gesehen, nie nach dem Kleber gesucht. Ich bin halt doch nur ein Inselbulle", sagte Alex resignierend.

„Erstens habe ich einfach nur mehr Erfahrung bei Gewaltverbrechen. Zweitens bist du ein sehr guter Polizist. Drittens liebe ich dich und viertens: wir haben einen Serienmörder zu finden und das schnell. Wir brauchen Verstärkung, sonst wird das nichts. Heißt: wir müssen zum Bürgermeister.

Der wiederum war sichtlich am Ende seiner Nerven. Die Anrufe von Hoteliers, Restaurantbesitzern, besorgter Urlauber ...

„Man könnte meinen, ich bin der Killer, so stehe ich unter Beschuss", jammerte Christeas. „Zwei Leichen, eine davon direkt am Strand!"

„Drei", korrigierte ihn Alex. „Angelos ist sich sicher, dass die letzten Opfer ein Pärchen waren. Nur, dass die Leiche des Mädchens noch nicht aufgetaucht ist!"

Christeas ließ den Kopf nach hinten sacken.

„Hätte der Täter die zwei nicht zusammenbinden können? Es gibt also den ganzen Rummel noch einmal! Bravo. Was gedenken Sie zu tun?"

‚Für mein Geld' dachte der Bürgermeister bestimmt, da war sich Alex sicher.

„Was haben Sie bisher?"

Alex wollte schon „Nichts" sagen, da kam ihm Angelos zuvor.

„Eine ganze Menge. Und einen Plan!"

So? dachte Alex.

„Dann bin ich mal gespannt", sagte Christeas und lehnte sich zurück.

„Zunächst denke ich, Sie sollten etwas mehr Vertrauen in Ihren früheren Kommissar setzen. Meines Wissens hat er alle, ich betone, alle Mordfälle gelöst. Und ich war in Thessaloniki auch kein Streifenpolizist. Dies vorweg. Was haben wir? Einen Psychopathen, der als Serienmörder unterwegs ist und dessen Drang sich offensichtlich verstärkt, das heißt die Zeitabstände geringer werden. Er muss eine Basis auf der Insel haben, entweder als Einheimischer oder ständig wiederkehrender Gast. Die Polizei sollte also die Hotels nach Touristen fragen, die in den letzten Wochen Wiederholungsgäste waren. Meine Theorie ist aber, dass dem Täter diese Basis zur Verfügung gestellt wird. Die Schreie müssen markerschütternd gewesen sein. Aber niemand hat etwas gehört. Ist doch komisch, oder? Im Freien sind diese Verbrechen nicht passiert, laut Obduktion keine Erd- oder Grasspuren, nichts. Also innen und dann wahrscheinlich schallisoliert."

Der Bürgermeister schaute ungläubig.

„Sie glauben im Ernst, es gibt eine Art Folterhotel auf meiner Insel?"

Deine Insel? dachte Alex.

„In der Art. Entweder nutzt es nur ein Täter oder es ist für diese spezielle Klientel. Und buchbar über das Darknet!"

„Über was bitte?", fragte der Bürgermeister.

„Lassen Sie sich das von Ihrer Tochter erklären", meinte Angelos.

„Wo könnte ein solches Haus stehen? Es müsste abgelegen sein. Oder ein Ort, wo man sich komplett abschirmt."

Angelos ging zur Karte der Insel.

„Damit fällt fast die komplette Insel weg, außer Lia im Osten oder Kalo Livadi, wo sich die Reichen gerne aus dem Weg gehen und nebenbei die Grundstücke auch riesig sind. Große Abstände, Felsen, man hört vom Nachbar sicherlich nichts."

„Ein großes Fragezeichen bleibt. Wie kommt der Täter an die Opfer?", hakte der Bürgermeister nach.

„Zuerst kommt die Frage: welche Opfer sucht er aus? Er sucht bisher junge, und zwar Mädchen wie Jungen. Alle zwischen 18 und zwanzig. Keine Kinder. Wo finden sich am meisten junge Frauen und Männer, die aber allein oder zumindest nicht in einer Gruppe reisen?"

„Im Hafen von den Fähren, weil die billig sind und in den Beachclubs – oder davor, wenn sie nicht reinkommen", antwortete Alex.

„Exakt. Mein Gefühl sagt mir, es passiert in oder vor den Beachclubs. Entweder Abgewiesene oder Gäste, die beim Verlassen abgegriffen werden."

„Wir haben ja so wenige Beachclubs und Diskotheken!", warf der Bürgermeister ein.

Diskotheken? War der Mann in den 80ern stehengeblieben?, dachte Angelos.

„Der Täter greift sie am ersten Abend und nutzt ihre Unkenntnis. Und als erstes fahren im Moment alle …"

„… ins ‚Scorpio´s'", ergänzte Alex.

„So ist es. Wir müssen die Kameraaufzeichnungen der letzten fünf, sechs Tage ansehen. Irgendetwas finden wir. Aber das wird nicht reichen!", meinte Angelos.

„Wir müssen ihn auf frischer Tat erwischen – oder besser: kurz davor. Wir müssen dieses Haus finden."

„Dazu bräuchten wir einen Köder? Wer ist so verrückt und tut das?", warf Alex ein.

„Ich", sagte Angelos.

32

Sie?", fragte Christeas.

„Unter keinen Umständen. Du bist schon …"

„Klappe, Alex!"

Mist. Beinahe wäre es ihm rausgerutscht.

„Wieso nicht? In aller Bescheidenheit …"

An der Stelle prustete Alex schon los.

„…hübsches Gesicht und für 29 hält mich ohnehin keiner. Ich könnte ins Schema passen. Oder hat

jemand der Anwesenden einen anderen Kandidaten. Ihre Tochter vielleicht?"
Bürgermeister Christeas musste husten. Seine Tochter war gerade 18.
„Sind Sie verrückt? Reicht es nicht, dass sie Sie in Ihrer Bar vertritt? Gott sei Dank ist es eine Schwulenbar!"
Des Bürgermeisters Tochter war – für eine Frau – äußerst attraktiv, was für einen komplett neuen Kundenkreis sorgte.
„Maria! Zu mir!"
Was will er denn mit Maria? Die ist 40, dachte Alex.
Maria kam zur Türe rein.
„Rufen Sie Jonas an. Der soll die Kamera-aufzeichnungen vom ‚Scorpio´s' holen und zu den Herren bringen. Aber Pronto!"
Maria rannte aus dem Zimmer.
„Zurück, verflucht! Mit ‚pronto' meinte ich doch nicht Sie! Herrgott! Zu mir her!"
„So, Maria, für wie alt halten Sie Herrn Nikakis?"
„Welchen?", fragte Maria und Alex fing an zu lachen.
„Den jungen natürlich. Ihn hier!"
Angelos lächelte breit.
„Wenn ich nicht wüsste, dass er Kommissar ist, würde ich sagen, vielleicht 22?"
Alex stöhnte.
Und Angelos wuchs um zehn Zentimeter.
„Ich meine, jeder auf der Insel hat sich gefragt, was ein hübscher Junge wie er an unserem Kommissar findet?"
Maria grinste.

Der Bürgermeister grinste.

Angelos wusste: das gibt Ärger.

Und Alex gefror das Gesicht ein.

Ich muss dringend das Thema wechseln, dachte Angelos.

„Wir brauchen aber für die Lockvogel-Geschichte Verstärkung. Und zwar richtige Verstärkung. Nicht Jonas, der im Zweifelsfall gegen uns arbeitet. Und einen Hubschrauber. Da wird Athen schon mitspielen bei einem Serienmörder!"

Da bin ich mir nicht so sicher, dachte Christeas. Wenn die Mordserie in Athen oder Thessaloniki passiert wäre, dann ja.

Auf einer Kykladen-Insel aber? Gut, Hauptsache die Sache kommt zu einem Ende. Mykonos darf nicht den Ruf einer Horror-Insel bekommen.

„Gut. Sie sagen Bescheid, wann. Gute Arbeit!"

33

Im Auto herrschte Stille.
„Es tut mir leid, Alex. So sollte es nicht laufen", sagte Angelos und legte seine Hand auf Alex' rechtes Bein.
Alex schnaubte nur.
„Komm, lass es raus. Wenn ich etwas hasse, dann ist es Stille, wo zwei eigentlich reden sollten."
Doch Alex schwirrte noch zu viel im Kopf herum.
Zuhause angekommen, ging er hoch ins Schlafzimmer. Angelos stand unten und wusste, irgendetwas war schiefgelaufen. Nur was?
Er ging die Treppe hoch und klopfte an den Türrahmen, obwohl die Tür offen war.
„Klopf, klopf. Darf ich reinkommen?"
„Es ist auch dein Schlafzimmer", brummte Alex.
„Ich wüsste gerne, was los ist", sagte Angelos.
„Du kannst dir nicht vorstellen, was mir durch den Kopf geht? Das würde mich schwer enttäuschen!"
Angelos holte tief Luft.
„Also gut: ich versuche es. Es sollte dir egal sein, was die Leute hier denken. Ich finde dich hübsch, sonst hätte ich mich nicht gleich auf dem Parkplatz in dich verliebt. Die lächerlichen sechs Jahre zwischen uns sind vollkommen egal, mir jedenfalls und nur das zählt. Ich schaue jünger aus, aber das liegt in der Familie. Dafür kann ich nichts. Aber ich sollte dich nie mehr ‚alter Mann' nennen. Das habe ich begriffen. Tauschen wir doch einfach das ‚Engelchen' gegen

den ‚alten Mann'. Ich wusste nicht, dass die Leute das hier so sehen und dich das verletzt.

Punkt zwei: Du bist sauer, weil ich dir meine Theorie nicht vorher erklärt habe. Aber glaub mir bitte: mir ist einiges erst beim Reden im Büro klar geworden.

Punkt drei: du hast wegen dem Lockvogel Angst um mich. Das wäre meine Theorie im ‚Fall Alex'".

Alex saß auf dem Bett und ließ den Kopf nach vorne fallen.

„Gott sei Dank. Mein Mann kann sich in mich hineinversetzen."

Angelos legte sich neben Alex.

„Es ist auch nicht gerade leicht, wenn man merkt, dass der andere im Kopf offensichtlich mehr hat als man selber."

„Aber das stimmt doch nicht. Wieder mein Fehler. Hätte ich vorher manches erklärt, was ich denke, wärst du zu denselben Schlüssen gekommen. Die Chance hattest du nicht. Wenn du aber meinst, ich wollte dich vor dem Bürgermeister blöd aussehen lassen, wäre ich wirklich sauer!", antwortete Angelos.

Alex lächelte.

„Nein, das habe ich keine Sekunde gedacht. Im Grunde genommen war ich stolz auf dich. ‚Mein Mann', habe ich gedacht. Oh Himmel, dieser Geruch macht mich noch wahnsinnig, auch wenn ich nicht mehr ‚mein Pfirsich' sagen darf,"

„Dann können wir ja jetzt zum Punkt ‚Sexgott' kommen", und Angelos zeigte sein breitestes Lächeln

34

Himmel. Ich habe ein Monster geheiratet", jammerte Angelos.

„Ich weiß gar nicht, was du hast? Ich fühle mich topfit! Und außerdem müssen wir uns noch die CDs anschauen", sagte Alex vergnügt.

„Oh je. Als hätte ich gerade nicht schon genug gearbeitet!"

„Das stimmt. Dieses Mal hattest du die ganze Arbeit. Ich revanchiere mich. Aber ..."

„Die CDs. Ich weiß, Alex."

Und so saßen die Herren vor zwei Bildschirmen und schauten auf die erregenden Vorgänge auf einem Parkplatz.

„Ich breche gleich zusammen", beschwerte sich Angelos nach zwei Stunden gähnender Langeweile.

Es sollte bis 3.52 Uhr dauern, bis Alex plötzlich: „Schau", rief.

Angelos war eingeschlafen.

„He, Sexgott! Wach auf! Schau dir das an!"

Angelos rieb sich die Augen.

Alex fuhr die Aufnahme zurück.

„Ok. Schau da rechts die zwei. Mist, dass von dem Gesicht nichts mehr da ist. Jedenfalls ist das Pärchen nach zehn Sekunden wieder rausgekommen. Nicht reingelassen, obwohl beide gut gekleidet sind und gut aussehen!"

„Nochmal zurück", rief Angelos plötzlich.

„Schau dir den Rücken an, als das T-Shirt hochrutscht. Und mach es größer. Ich hole die Fotos!"

Man sah, dass der Junge sich bückte, weil ihm die Zigaretten aus der Tasche gefallen sind. Das enge T-Shirt rutschte aus der Hose und der Rücken war zu sehen. Mit einem kleinen Muttermal oberhalb des Bundes.

Angelos schaute auf das Foto der Leiche.

„Das passt. Das ist er! Nochmal, Alex!"

Es gab keinen Zweifel. Ein Muttermal an haargenau der gleichen Stelle wäre ein unmöglicher Zufall.

„Mach einen Ausschnitt des Mädchens und ihres Gesichts. Vielleicht finden wir wenigstens heraus, wer sie ist – oder eher war."

„Du bist der Größte", sagte Angelos und küsste Alex auf den Kopf.

„So, jetzt Hochspannung. Lass weiterlaufen. Mich zerreißt es fast!"

Man sah, wie die beiden diskutierten und dann: kam eine Frau hinzu und sprach mit ihnen.

„Stopp! Das kann nicht sein. Schau dir die Frau an. Viel zu zierlich. Die kann gar nicht solche Verletzungen produzieren", meint Angelos sichtlich irritiert.

„Außer sie hat entsprechendes Werkzeug. Aber nein. An eine Frau habe ich überhaupt nicht gedacht. Da haben wir wohl einen Fehler gemacht", entgegnete Alex.

„Nein, glaube ich nicht. Die Folterungen passen nicht zur Psyche einer Frau. Weibliche Serienmörder gibt es nicht. Ausgenommen nur Giftmorde. Aber diese Brutalität? Das tut nur ein Mann", sagte Angelos. „Weiter!"

Die zierliche Frau winkte.

„Zoom zurück, Alex!"

Es fuhr ein Taxi vor, in das die zwei Opfer einstiegen. Die Frau winkte ihnen nach.

Alex und Angelos schauten auf den Schirm und es herrschte Stille.

„Von da ging es in das Folterhaus. Die letzten glücklichen Sekunden der beiden", durchbrach Alex die Stille.

„Also kein Einzeltäter", stellte Angelos fest.

„Nein. Du hattest vollkommen recht. Es muss eine Art Folterhotel sein. Offensichtlich mit mehreren Angestellten. Nicht zu fassen!"

„Das Kennzeichen wird uns wohl nicht weiterhelfen", meinte Alex.

„Nicht, wenn die Täter einen IQ über dem eines Badeschlappens haben. Und Psychopathen sind meist eher *zu* intelligent, vergiss es!"

Angelos überlegte.

„Noch weiter zurück!"

Acht Minuten vorher fuhr derselbe Wagen ins Kamerabild, aber am äußersten Rand des erfassten Bereichs. Die Frau saß am Rande des Parkplatzes auf der Steinmauer.

Opfer ausspähen.

Plötzlich stand sie auf.

„Stopp. Zoom auf den Eingang", sagte Angelos.

Es war genau der Moment, indem die Opfer den Club verließen.

„Wieder zurück! ‚Bitte' habe ich vergessen. Entschuldige! Zu aufgeregt!"

„Alles in Ordnung, Angelos. Ich bin genauso gespannt."

Und dann sah man es. Innerhalb von einigen Sekunden verwandelte sich das schwarze Dach des Wagens in ein schwarzes Dach mit gelbem Taxischild.

„Gibt´s doch nicht! Ein automatisches Taxischild. Klar! Ständig kann man es nicht dort lassen, weil die anderen Taxifahrer es merken würden. Die wissen, wer eine Lizenz hat oder nicht. Und die Typen haben genau eine Zeit ausgewählt, in der die anderen Taxen alle unterwegs sind. Die zwei sind am Anfang der Party abgewiesen worden. Da steht kein normales Taxi draußen, weil die Leute erst kommen!" Angelos tigerte durch das Zimmer.

„Schade, dass wir nicht sehen, wohin der Wagen fährt. Eine andere Kamera gibt es nicht?"

„Nein", sagte Alex. „Aber die werden das Kennzeichen nicht während der Fahrt gewechselt haben. Außer wir sind bei James Bond!"

Angelos küsste Alex auf den Kopf.

„Das ist es. Wir brauchen je eine Kamera Richtung Stadt und Richtung Ano Mera, um zu wissen, in welche Richtung sie gefahren sind. Gibt es mehr Kameras, die die Hauptstraße im Blick haben und damit das Kennzeichen, könnten wir vielleicht sogar die Straße herausfinden!"

„Ich schreibe dem Bürgermeister eine Mail, dass die Polizei die gesamte Strecke nach Kameras absucht und die Aufnahmen einsammelt. Aber das wird bis Nachmittag dauern. Und viele Kameras werden es nicht sein. So viele gibt es auf Mykonos nicht!"

„Noch eines, Alex. Ich brauche noch ein paar Aufnahmen der Frau, die die zwei eingesammelt hat. Ich muss als Lockvogel wissen, an wen ich mich halten muss. Das macht es um vieles leichter!"

„Angelos, ich …", Alex stockte.

„Du hältst es für eine blöde Idee, nicht?"

„Nicht aus dem Grund, den du meinst. Wäre ich Folterknecht, würde ich mir jemand aussuchen, der gut aussieht. Das tust du. Es könnte klappen. Und genau *davor* habe ich Angst. Dass es funktioniert!"

„Haben wir eine andere Option? Den Parkplatz überwachen und dann das Auto anhalten? Mit welchem Grund? Die steigen ja freiwillig ins Auto!", hielt Angelos dagegen.

„Nein, ich habe keine andere Idee. Ich wollte, ich hätte eine", sagte Alex.

„Aber ich sterbe jetzt schon vor Angst. Du weißt selber, was bei einer Polizeiaktion alles schieflaufen kann. Es läuft nie so wie geplant. Wir wissen nicht, wie viele Leute in dem Haus sind! Vielleicht bringen sie dich woanders hin? In ein neues Haus. Die werden aufgeschreckt worden sein, durch die Leichenfunde. Wir haben unsere, halt, deine Theorien, aber was ist, wenn wir danebenliegen? Dann bist du tot. Und ich bin es dann ehrlich gesagt auch."

Angelos umarmte Alex.

„Glaubst du, ich habe keine Angst? Aber ich vertraue dir. Du musst mich da rausholen. Und zwar bevor der Herr mit dem Lötkolben kommt", sagte Angelos lächelnd.

„Und da etwas schieflaufen könnte, sollten wir heute noch einmal ..."

„Damit macht man keine Späße", murmelte Alex.

„Das war kein Spaß. Jetzt bin ich putzmunter!"

Angelos grinste.

Und Alex dachte: wie kann der jetzt an Sex denken, wenn er morgen auf der Folterbank hängt?

Mut hat er.

Ich würde es nicht tun.

Und warum zum Teufel riecht er immer nach Pfirsich? Da muss man den Verstand verlieren.

35

Die Einsatzbesprechung fand im Hause Nikakis in Ornos statt. Drei Mann von OPKE, der Spezialeinheit und ein Hubschrauberpilot. Ein bisschen dünn für den Fall, dass ..., dachte Alex.

Angelos telefonierte.

„Sie haben das Auto auf einer weiteren Aufnahme. Die Kamera der Konditorei Veneti hat sie eingefangen. Es ging also in Richtung Ano Mera. Das Folterhaus liegt also wahrscheinlich in Kalo Livadi oder Lia", sagte er.

„Oder Ftelia und Kalafati", ergänzte Alex.

„Wir brauchen also ein Fahrzeug direkt am Parkplatz zur direkten Verfolgung, das bist du, Alex. Ein weiteres an der Einfahrt nach Ftelia und eines an der Kreuzung Kalafati/Kalo Livadi."

Nikos, der Hubschrauberpilot, schaltete sich ein.

„Ich kann dem Auto aber nur aus gewisser Entfernung folgen. Alles andere wäre zu auffällig. Dann riechen die Lunte!"

Angelos dachte nach.

„Wir brauchen ein Schreiben des Bürgermeisters auf Briefkopf, in dem er den Bürgern in Ftelia und Kalo Livadi mitteilt, dass heute wegen Filmaufnahmen mit mehr Verkehr und Hubschrauberlärm gerechnet werden muss. Soll die Polizei sofort an die Türen kleben! Ich rufe gleich Maria an!"

Als Angelos zurück in die Küche kam, flüsterte ihm Alex ins Ohr: „Bist mein Super-Kommissar!"

Aber Angelos reagierte mit finsterem Blick.

„Komm mal mit!"

Die anderen Herren sahen sich belustigt an.

„Ehekrach?", fragte einer. Dass sie es mit zwei Kommissaren zu tun haben, die miteinander verheiratet waren. Irritierte sie sichtlich.

Im Wohnzimmer fragte Angelos Alex:

„Was sollte das?"

„Ich verstehe nicht, was du meinst?"

„Der ‚Superkommissar!'"

„Das habe ich ehrlich gemeint. Ich wäre längst nicht so weit wie du. Wenn ich überhaupt bis hierhin gekommen wäre!"

Alex holte tief Luft.

„Das war nicht ironisch. Ich bin weder neidisch noch eifersüchtig. Wie könnte ich das sein? Ich bin stolz, aber im Moment kommt immer mehr die Angst durch. Komm, lass uns zurückgehen!"

In der Küche unterhielten sich die Männer über Peilsender.

„Bringen nichts. Die Opfer werden komplett entkleidet. Wo sollte ich da einen Sender tragen?", fragte Angelos.

Die drei Polizisten lachten.

„Sehr witzig. Möchte ihn einer von euch reinschieben und vor allem: wieder herausholen?"

Alle schüttelten heftig den Kopf.

„Dachte ich mir. Gut. 2100 auf Position. Und denkt dran: ein Fehler und ich bin tot", sagte Angelos.

Als alle gegangen waren, saß Alex am Tisch und Angelos sah, dass er zitterte.

„Ich kann das nicht, Angelos!"

„Du musst. Und ich brauche einen konzentrierten und coolen Alex!"

„Schau mich doch an!"

„Ich sehe meinen Mann, der vor Sorge um mich fast umkommt. Und das macht mich glücklich. Bisher hat sich nie jemand Sorgen um mich gemacht!"

Angelos küsste Alex.

„Ich würde mir aber gerne weiter Sorgen um dich machen und keine Einzelteile von dir sortieren müssen!", sagte Alex.

„Auch dann würde das Leben weitergehen", sagte Angelos.

Und Alex sah ihn mit finsterer Entschlossenheit an.

„Aber nicht für mich!"

Angelos begriff: Alex meinte es ernst.

„Dann müssen wir beide alles tun, damit alles glatt läuft!

Als ob es das jemals täte, dachte Alex.

36

Als er Angelos vor dem „Scorpio´s" absetzte, dachte Alex, dass er wirklich deutlich jünger aussieht als 29. Andere Kleidung und glattrasiert.

Alex hoffte inständig, dass es nicht funktionieren würde. Er hatte nur eines im Sinn: seinen Ehemann behalten. Den Täter würde man auch anders fassen. Gut, vielleicht käme in der Zwischenzeit ein weiteres Opfer hinzu, aber das wäre ohnehin passiert, wenn er ermittelt hätte. Angelos war schneller im Kopf – und das haben wir jetzt davon.

Plötzlich fiel Alex etwas ein.

„Alpha eins an zwei und drei: Habt ihr einen Luftkeil und einen Slim-Jim dabei?"

„Alpha drei an eins: „In Wagen 3, ja. Möchten Sie ein Auto knacken, Herr Kommissar?"

Witzbold.

Im Inneren des Beachclubs hatte sich Angelos an der zentralen Bar niedergelassen. Direktes Licht, von allen Seiten einsehbar. Er war nervös. Mehr als er Alex gegenüber zugegeben hatte. Er musste die Bilder vertreiben. Er wusste als Einziger, wie man sich als Vergewaltigungsopfer fühlt. Deswegen MUSSTE er es wagen. An ein Scheitern wagte er nicht zu denken. Sorgen machte sich Angelos um Alex. Würde ihm, Angelos, etwas passieren: Alex könnte es nicht überleben. Der Blick hatte ihn begreifen lassen. Kurz war er im Schwanken begriffen, die Sache abzublasen, um sie *beide* aus der Gefahrenzone zu bringen. Dann dachte er an das potentiell nächste Opfer. Damit würde er aber nicht leben können. Es nicht versucht zu haben.

„Alpha zwei an eins. Ich glaube, die Frau nähert sich. Zu Fuß."
Tatsächlich. Die kleine Frau lief über den Parkplatz auf den Eingang zu. Wie ist sie hierhergekommen? Eine Kontrolle wäre zu auffällig gewesen. Aber das letzte Mal war das entscheidende Fahrzeug das Taxi. Natürlich haben sie die Schilder gewechselt, aber hoffentlich nicht das Fahrzeug.
Schon geht es los mit den Fragezeichen, dachte Alex.

37

Olga war unter Druck.
In der Regel war die Ware mindestens 24 Stunden vor Termin im Haus. Oft sogar schon früher. Man musste sie dann nur pfleglich behandeln.

Der Kunde mochte keine Ware, die beschädigt war. Und auch keine Ware, die sich eingenässt hatte.

Diesmal war die Suche bisher erfolglos. Es gab tatsächlich auf dieser Insel nur zwei Gruppen: entweder ganz jung oder dann wieder die über 35. Dazwischen? Schwierig.

Und Orban würde in drei Stunden landen. Sie musste also fündig werden. Wäre das Opfer keine Schönheit, würde sich Orban schon damit abfinden. Hauptsache, er kommt zu dem, was er Vergnügen nannte. Der Lötkolben hatte selbst sie geschockt. Und dieser schreckliche Gestank. Er hatte sich bestimmt etwas Neues ausgedacht in seinem kranken Hirn. Zumindest müssten sie dieses Mal die Leiche nicht gleich beseitigen, denn das Kühlhaus war betriebsbereit. Hoffentlich wird die Sauerei nicht noch größer, dachte Olga.

„Pavel, zu mir!"

Sie mussten wegen des Zeitdrucks anders vorgehen als sonst. Daher waren Olga und Pavel im Club, denn 25-jährige werden selten abgewiesen. Sie standen nicht draußen – zum Abgreifen bereit.

Er sollte alleine sein, maximal zu zweit. Gut aussehen. Im Flackern der Lichter war aber nicht viel zu erkennen. Sie beschloss, die Bars abzuklappern, in denen etwas bessere Lichtverhältnisse herrschten. Das Gedränge war nicht gerade hilfreich, um Gesichter zu studieren und auch den restlichen Körperbau zu taxieren.

„Pavel, du schaust innen. Ich klappere die Bars draußen ab!"

111

Dort war die Luft besser und der Andrang geringer. Dafür wurden die Gäste älter.

Olga wagte nicht daran zu denken, wie Orban reagieren würde, hätte sie überhaupt keine Ware. Zur Not würde sie ihn töten müssen. Aber tote Kunden sind nicht sehr lukrativ. Beruhige dich, dachte sie. Du hast schon ganz andere Situationen gemeistert.

Kaum gedacht, hörte sie Pavels Stimme:

„Ich glaube, ich habe etwas Passendes. Zentralbar!"

Noch hatte Olga Zweifel, ob Pavel beurteilen könne, was ein hübscher Mann ist, aber ...

Sie drängte sich erneut durch die Massen, bis sie die Zentralbar erreichte.

Pavel gab ihr ein kleines Zeichen.

„Der an der Säule!"

Und tatsächlich. Das war genau das, was sie suchte.

„Der ist perfekt, Pavel!"

38

Zwischenzeitlich fuhr ein Taxiwagen, der aber kein Schild auf dem Dach hatte, auf den Parkplatz und hielt im hinteren Bereich.

Das sind sie, dachte Alex.

„Alpha eins an alle: schwarzes Taxi ohne Aufsatz, Irini Alexa zwo fünf zwo eins. Bestätigen!"

Es wurde zusehends windiger. Super, dachte Alex. Das wird es für den Hubschrauber nicht leichter machen.

Im Inneren studierte Olga Angelos. Er stand an einer Säule, besser lehnte an ihr. Das Licht schien von oben auf ihn herab.

Hübscher Kerl, dachte Olga. Schönes Gesicht, Muskeln ja, aber nicht zu viele. Er trug das Hemd offen. Sixpack. Höchstens 25.

„Und er weiß genau, wie gut er aussieht", dachte Olga. In ein paar Stunden würde von dem Gesicht nicht mehr viel Hübsches übriggeblieben sein.

Auch Angelos hatte Olga erkannt. Er wusste, dass er gemustert wird. Jetzt fällt die Entscheidung. Aber er musste den Blick wieder abwenden, sonst würde sie misstrauisch werden.

Er stellte sein Glas Gin Tonic auf einen der hohen Bistrotische und zwang sich, in die andere Richtung zu sehen.

Würden sie sich für ihn entscheiden?

Wie würden sie ihn abgreifen?

Er begab sich wieder in die Ursprungsstellung zurück. Die Frau war nicht mehr zu sehen, aber er durfte sich nichts anmerken lassen. Möglichst gelangweilt schauen, Angelos!

Er trank von seinem Gin Tonic.

Und merkte sofort, wie sie ihn wegschaffen wollten. Angelos fühlte sich wie gelähmt, benommen, bekam heftigste Sehstörungen. Der Gin Tonic. Als er sich umdrehte, um nicht aufzufallen, hatte ihm Pavel die Tropfen ins Glas geschüttet.

Er hörte eine weibliche Stimme.

„Du hast wohl die falsche Pille eingeworfen, mein Hübscher! Aber keine Sorge, wir kümmern uns um dich. Komm mit!

Angelos versuchte etwas zu sagen, aber er konnte nicht.

Widerstandslos ließ er sich unter die Arme greifen und zum Ausgang führen.

„Unser Freund hat etwas zu viel eingeworfen", sagte Olga am Eingang mit entschuldigendem Lächeln.

Die Türsteher nickten und waren froh, wenn sich die Gäste selbst um ihre Problemfälle kümmern.

Sie waren draußen.

Olga war erleichtert. Orban würde zufrieden sein.

„Gute Arbeit, Pavel. Dein Bruder wird mit dir sehr zufrieden sein!"

Ab diesem Moment lag das Leben von Angelos allein in den Händen von Ex-Kommissar Alex Nikakis, früher Galis.

39

Es war der Moment, vor dem sich Alex gefürchtet hatte. Er sah, wie die Frau und einer ihre Helfer den torkelnden Angelos aus dem Club führten. Er musste sich schwer zusammenreißen, nicht zur Pistole zu greifen und die zwei auf der Stelle zu erschießen. Es ist eine Sache, einen Plan durchzusprechen. Etwas anderes ist es, wenn der geliebte Mensch dann in reale, tödliche Gefahr gerät.
Sie führten Angelos zu dem verkappten Taxi und schmissen ihn auf die Rückbank.
Er war offensichtlich vollkommen benebelt.
K.O.-Tropfen, dachte Alex. Da hatte Angelos wohl eine Sekunde nicht aufgepasst.
Das Fahrzeug setzte sich in Bewegung,
„Alpha eins an alle. Es geht los. Und verliert ihn ja nicht!"
„Alpha drei an eins. Keine Sorge. Wir passen schon auf – auf Ihren Ehemann!"
Hörte er da Ironie heraus?
„Alpha eins an drei: Wie würden Sie sich fühlen, wenn Ihre Frau vergewaltigt würde?"
Es kam natürlich keine Antwort.

Alex und Alpha zwei folgten dem Fahrzeug, das mit hoher Geschwindigkeit in Richtung Ano Mera fuhr. Selbst in den steilen Kurven den Berg hinauf verlangsamte der Fahrer das Tempo kaum.

Plötzlich krachte Alex´ Wagen in eines der Schlaglöcher. Leider war es eines jener Löcher, bei denen es einem die Achse wegreißen kann. Aber nach dem Schlag wusste Alex: es hatte den Reifen erwischt.

Alpha zwei war gut zweihundert Meter hinter ihm. Es war – abgesehen von den Fahrzeuglichtern – stockdunkel. Bis Alpha zwei die Situation erfasste und Alex aufgabelte, war das Entführerfahrzeug weg.

Das kann doch nicht wahr sein. Ich bin 35 und hatte noch nie einen Platten, dachte Alex.

„Alpha 2 an alle. Alpha 1 ausgefallen wegen Reifenpanne. Haben Sichtkontakt verloren!"

Nun lag alles in den Händen eines Fahrzeugs und eines Hubschraubers. Der wiederum hatte es in der Nacht nicht leicht, dem richtigen Auto zu folgen. Er konnte schlecht den Außenstrahler verwenden. Geplant war, dass er ihn nur ganz kurz anschaltet, um das Ziel zu markieren.

Mit dem Reifen-Zwischenfall war auch die letzte Eingriffsmöglichkeit verpasst: eine Festnahme wegen Entführung.

Hoffentlich blieb wenigstens Alpha drei an dem Fahrzeug dran. Alex fröstelte.

Noch bevor es richtig losgeht, war schon etwas schiefgegangen.

„Alpha drei an zwei: Fahrzeug nicht in Sicht!"

Das konnte nicht sein. Die Entführer hätten den Standort längst passieren müssen. Außer sie fuhren hinunter nach Elia. Aber da stehen nur kleinere Häuser. Die vielleicht einen großen Keller haben. Alex hätte sich ohrfeigen können.

Sollte er das eine Fahrzeug nach Elia schicken? Oder sie konnten doch während der Fahrt das Kennzeichen wechseln.

Dann nahm ihm der Hubschrauber-Pilot die Entscheidung ab. Er hätte ihn küssen können.

„Heli an Alpha zwei: Habe Fahrzeug noch im Blick. Abgebogen nach Kalo Livadi, wiederhole Kalo Livadi."

„Alpha zwei an Heli. Unbedingt dranbleiben. Haben alle das Fahrzeug verloren! Bitte Objektnummer durchgeben nach Erreichen des Ziels!"

„Verstanden. Ende!"

Von wegen Ende, dachte Alex. Gleich wird es richtig übel. Hoffentlich schossen die Herren von OPKE besser als er. Bei den letzten Schießprüfungen hatte Alex einen Kollegen schießen lassen. Das Trefferbild hatte ihn ein Abendessen gekostet.

„Heli an Alpha zwei: Fahrzeug hinter Felsen verschwunden! Ich musste abdrehen."

Alex erstarrte. Das war´s. Angelos würde sterben.

„Heli an Alpha zwei: zwei dunkle Fahrzeuge geparkt vor Objekt 11 und 12. Keine Bewegung mehr. Fliege noch einmal Kontrolle!"

„Alpha zwei an Heli: Nein! Abbruch. Zurück zum Ausgangspunkt. Over!", schrie Alex in das kleine Mikro.

Viel zu auffällig, trotz der Anschläge des Bürgermeisteramtes über verstärkten Heli-Verkehr. Nicht, dass sie Angelos sofort töten, um lebende Beweise zu vernichten.

Bei der Einsatzbesprechung hatten sie allen Objekten, die infrage kämen, Nummern zugeteilt.

In manchen Häusern wohnten Leute, die Alex gut kannte. Und weder den Ex-Oberbürgermeister von München noch Leonardo di Caprio konnte er sich als Folterknechte vorstellen. Aber es waren dennoch noch 38 Anwesen. Sie hatten zwar gehofft, das Haus ausfindig machen zu können, aber so war das mit Polizeieinsätzen. Es geht immer etwas schief.

Das hatten sie jetzt schon durch. Das Kontingent war schon voll.

Mehr durfte es nicht werden.

Sonst würde Alex zum Turbo-Witwer.

Nach nur sechs Monaten.

Du musst diese Gedanken vertreiben! Konzentriere dich! Es geht um sein Leben.

Er überlegte, wie er herausfinden könnte, in welches der beiden Objekte man Angelos gebracht hatte.

Objekt 11 oder 12? Welches zuerst?

Alex entschied sich für die 12.

Alex und Angelos hatten sich an einem zwölften kennengelernt.

Besser gesagt: er hatte Angelos verhaftet.

Was für ein Tag!

40

Fahrt an den Häusern vorbei, nicht zu langsam, ganz normal. Lasst mich hinter der Kurve raus. Wo ist der Luftkeil und das andere Ding? Und dann wartet auf mein Signal, in welches Haus wir müssen."

„Was haben Sie vor?", fragte einer der OPKE-Agenten.

„Herausfinden, in welchem Auto er entführt wurde.

„Und wie? Glauben Sie, er konnte noch Post-Its schreiben?"

Alex antwortete nicht. Liebende kennen andere Methoden.

Alex stieg aus und lief geduckt die Straße hinunter zu Objekt 12. Schwarz und voller Staub. Nichts zu sehen von einer Ritze für ein Schild auf dem Dach.

Er ging in die Knie und setzte den Luftkeil an.

Alex begann, die Handpumpe zu betätigen und der Keil dehnte sich langsam aus. Er schob den dünnen Metallbügel durch den ein Zentimeter breiten Spalt, der durch den Keil entstanden war und drückte damit auf die elektronische Verriegelungstaste in der Armstütze der Tür.

Er hörte ein „Klack" und die Schlösser aller vier Türen gingen auf. Die Alarmanlage war ausgeschaltet.

Er öffnete eine der hinteren Türen.

Er sah sich um, ob Angelos irgendetwas zurück-gelassen hatte, aber dazu schien er nicht mehr in der Lage gewesen zu sein.

Dann roch er es. Schwach.

Pfirsich.

„Es ist Objekt 12. Wiederhole 12. Drei nach vorne. Zwei nach hinten!"

„Äh, Alpha 1, wir sind nur drei!"

Mist. Natürlich. Früher waren sie immer zu fünft.

„Sorry. Zwei nach vorne. Mit Bock. Einer zur Sicherung nach hinten. Heli rückwärtige Seite beobachten. Und schnell."

Angelos war schon etwas mehr als neun Minuten im Haus. Ausziehen und Fesseln hätten sie schon hinter sich.

Es dauerte eine gefühlte Ewigkeit, bis die Verstärkung den Berg herunterkam.

Alex würde es sich nie verzeihen, wenn dieser dämliche Platten die entscheidende Zeit gekostet hätte.

41

Angelos begann, seine Umgebung wahrzunehmen. Aber noch immer durch einen Schleier und in der Mitte fehlte ein Streifen. Erst nach einer Weile sortierten sich seine Gedanken. Er war im Club und plötzlich wurde ihm schwummrig. Der Gin Tonic. Sie hatten ihm etwas in den Drink gekippt. Dunkel erinnerte er sich, unsanft in ein Auto gestoßen worden zu sein. Er ärgerte sich, dass er es nicht bemerkt hatte. Andererseits: er wollte ja entführt werden.

Er sah an sich herunter. Er war vollkommen nackt und an Armen und Beinen mit Tape gefesselt.

Von diesem Stuhl aus musste also der arme Junge zusehen, wie seine Freundin vergewaltigt und dann ermordet wurde.

Und jetzt sitze ich da, dachte Angelos.

Er zitterte und natürlich hatte er Angst.

Er schaute auf das Bett und ihm gefror das Blut in den Adern. Das würde er nicht überleben. Das überlebt keiner.

Angelos nässte sich ein.

Oh Gott! Nein, Alex! Bitte komm rechtzeitig. Kurz gab ihm der Gedanke Halt, dass die Rettung womöglich früh genug käme.

Die Liebe kann alle Kräfte freisetzen.

Und Alex liebte ihn.

Die Tür ging auf und Olga und Pavel kamen herein.

„Oh je, unser Kleiner hat sich selber vollgepisst. Na, da müssen wir unser Ferkelchen erst saubermachen. Sonst füllt Orban ein Beschwerdeformular aus", sagte Olga und Pavel lachte.

„Hol einen Eimer Wasser und mach ihn mit einem Schwamm sauber. Und wisch den Boden auf."

Olga zwickte Angelos in de Backe.

„Nicht ungeduldig werden, es geht gleich los."

Das Wasser war eiskalt, machte Angelos aber munter. Dann schrubbte der Typ an ihm herum und schwemmte den Urin vom Boden in Richtung Tür.

Wieder war Angelos allein.

Olga, Pavel, Orban.

Aber was halfen die Namen, wenn er sie niemand mehr würde sagen können. Wenn denn die Namen überhaupt stimmten.

Wieder begann er zu zittern.

Wo bleibt Alex nur? Maximal vier oder fünf Minuten waren vorgesehen.

Auf dem Gang hörte er Stimmen.

Wer würde zuerst hier sein?

Die Entführer oder Alex?

Die Tür ging erneut auf. Herein kam einer der hässlichsten Männer, die Angelos je gesehen hatte.

Er war fett und vollständig behaart. Der ganze Rücken. Und er stank.

„Hübsches Exemplar, nicht wahr? Wie bestellt!", sagte Olga.

Der Dicke fasste Angelos am Kinn und hob das Gesicht an.

„Ja, so habe ich mir das vorgestellt", sagte Orban.

Dann griff er Angelos ans Gemächt, worauf dieser aufstöhnte.

„Das hier sieht auch gut aus! Und so groß! Sehr schön! Und jetzt raus hier!"

„Viel Vergnügen!", wünschte Olga und verschwand.

Der Dicke stand vor Angelos und grinste.

Angelos schaute auf das Bett und wusste, er hatte nur noch ein paar Minuten zu leben.

Und die würden voller Schmerzen sein. Schmerzen, die er sich nicht ausmalen wollte.

Alex! Wo bleibst du?

Ohne Vorwarnung schlug ihm der Dicke in die Magengrube. Dann hob Orban den Kopf an und verpasste Angelos einen Faustschlag mitten ins Gesicht.

Er wurde ohnmächtig.

Orban schnitt das Tape an beiden Füßen los und tat dann das Gleiche mit den Fesseln an den Armen.

Angelos fiel nach vorne und Orban fing ihn auf. Er nahm ihn auf die Schulter und schmiss ihn aufs Bett.

Dort zog er Angelos in die gewünschte Position und fesselte Arme und Beine erneut. Diesmal mit langen Kabelbindern, die extra verstärkt waren.

Angelos lag auf dem Bauch.

Bei diesem Exemplar würde er sich Zeit lassen, nahm sich Orban vor. Und er würde von hinten beginnen.

Er blickte auf die Gerätschaft, die neben Angelos auf dem Bett lag.

Eine Spezialanfertigung, die noch viel mehr Freude versprach als der Lötkolben.

Aber dieser schöne Jüngling hatte eine Sonderbehandlung verdient.

Orban war tatsächlich glücklich. Immer, wenn er seinen Drang befriedigen konnte. Es musste nur jedes Mal etwas Neues, Prickelndes sein.

Orban schmiss seinen fetten, haarigen Körper auf Angelos. Er begann, Angelos am Rücken zu streicheln und zu küssen.

Komisch, irgendwie riecht unser Schöner nach Pfirsich.

Dann wachte Angelos auf und der widerliche Gestank Orbans raubte ihm fast die Sinne.

123

Angelos spürte, dass der Fettwanst ihm den Finger in den Hintern rammte. Immer und immer wieder.

Wie damals, dachte Angelos.

Das Leben wiederholt sich doch.

Orban arbeitete sich tiefer und packte Angelos am Hoden.

Angelos hörte das Ritschen eines Feuerzeugs.

Alex! Letzte Chance!

Aber im gleichen Moment resignierte er.

42

Alex rannte die Treppen hoch. Er war sich nicht sicher. Heißt es nicht Folter*keller*? Entscheidungen über Leben und Tod. Hoch oder runter? Er hatte sich entschieden.

Vier Türen. Ich kann nicht auf den Rammbock warten. Aber ich bin nicht kräftig genug, sie einzutreten. Herrgott Hilf!

Er legte alle Kraft in den Tritt.

Die Tür krachte aus dem Schloss. Das Zimmer war ein Bad. Jetzt musste es schnell gehen, denn der Krach hatte den Folterer bestimmt aufgeschreckt.

Er ließ eine Türe aus und trat erneut mit voller Wucht zu.

Und es war die Richtige: Er sah einen fetten, haarigen Mann, der auf einem anderen lag. Ob es Angelos war, wusste Alex nicht. Der fette Mann war vollkommen perplex.

Eine Erklärung lieferte sein Gehirn nicht mehr, denn Alex ging in die Knie und schoss ihm in den Hals. Gott sei Dank saß der Schuss, denn Meisterschütze war er keiner.

Orban rutschte von dem Mann runter und knallte auf den Boden links vom Bett.

Und da lag Angelos.

Bitte lass ihn am Leben sein. Alex sprang aufs Bett und tastete den Puls an der Halsschlagader. Es pochte – er lebte. Nur: was hatte ihm der Mann angetan? Neben Angelos lag ein Baseballschläger, in den rundherum Rasierklingen eingearbeitet waren. Alex schaute sofort nach Angelos´ Hintern. Kein Blut, auch an der Gerätschaft nichts.

Ist er doch noch rechtzeitig gekommen? Es muss dem Ärmsten wie eine Ewigkeit vorgekommen sein. Angelos war bewusstlos. Alex drehte ihn herum und erschrak: er hatte eine fette Schwellung im Gesicht, aber die Geschlechtsteile waren unversehrt.

„Alpha eins an alle: Räume Obergeschoss gesichert. Täter neutralisiert!"

„Alpha drei an eins: Brauchen wir einen Krankenwagen?"

Alex überlegte kurz: „Eins an drei: Nein!"

Er legte sich neben Angelos und flüsterte ihm ins Ohr: „Wach auf, mein kleiner Pfirsich!"

Die Augen öffneten sich. Und schon sprang Angelos hoch und warf sich auf Alex. Er schlug ihm mit voller Wucht ins Gesicht. Einmal, zweimal – bis ihn Alpha drei in den Schwitzkasten nahm.

Alex spürte, wie ihm das Blut übers Gesicht lief und dass zwei Zähne locker waren.

Alpha drei hatte immer noch zu tun, Angelos zu bändigen, der wie von Sinnen war.

„Was ist denn mit dem los?", fragte Alpha drei schon sehr außer Atem.

„Schock. Er erkennt uns nicht!" Dann kamen bei Alex die Schmerzen.

„Sie brauchen einen Arzt, Alex!"

Angelos war zwischenzeitlich zusammengesackt und wieder ohne Bewusstsein.

„Legen Sie ihm bitte eine Decke darüber! Ich kann nicht mehr!"

Die Anspannung fiel ab. Bei Alex´ Körper waren die seelischen und physischen Kräfte auf null. Die Schläge von Angelos und die dadurch resultierenden Schmerzen hatten ihm den Rest gegeben. Auch er tauchte ab ins Nirwana.

43

Just in dem Moment, als Chefarzt Dimitriadis das Zimmer betrat, wachte Angelos auf und warf die Decke ab.

Dimitriadis sah Alex auf dem Bett liegen und fragte: „Welcher Irre hat ihn so zugerichtet? Das sieht ja übel aus!"

Alpha drei deutete auf Angelos: „Der da!"

„Angelos? Sind Sie wahnsinnig? Das ist Ihr Ehemann!", brüllte der Arzt.

Angelos begriff noch wenig.

„Ich soll das gewesen sein?"

Dimitriadis besah sich die Verletzungen in Alex´ Gesicht und maß den Puls.

„Na, leben tut er noch! Sagen Sie mal, Angelos, neigen Sie öfter zu häuslicher Gewalt?"

„Das war nicht ich!", sagte er, langsam klar im Kopf werdend.

„Das ist ja wohl die Höhe, Als ich ins Zimmer kam, haben Sie Alex gewürgt und dann mehrmals ins Gesicht geschlagen. Ich habe es gesehen! Dabei hat der Mann alles getan, um Ihnen zu helfen. Er ist mitten durch den Kugelhagel gelaufen!", regte sich Alpha drei auf.

„Warum sollte ich meinen Mann schlagen? Ich liebe ihn!", meinte Angelos gereizt.

„Das sagen alle, die ihren Partner zuhause prügeln. Liebe und Gewalt liegen nah beieinander", entgegnete Dimitriadis ruhig.

Da dämmerte es Angelos Nikakis.

„Oh Gott, ich habe ihn für den Dicken gehalten. Ich konnte nicht richtig sehen!"

„Da wird er nicht begeistert sein, wenn Sie ihm sagen, dass Sie ihn mit dem Fettwanst verwechselt haben. Da würde ich Ihnen eine verpassen. Apropos: Ihr Gesicht war auch schon mal schöner. Und wer war das? Alex?", fragte der Chefarzt.

„Nein. Das fette Schwein."

„Dafür bekommt dann Alex die Faust ins Gesicht? Sehr logisch. Und warum sind Sie nackt?"

„Das ist eine lange Geschichte, Dimitriadis!", entgegnete Angelos.

Zu Alpha drei sagte der Chefarzt: „Bringen Sie die Leichen zu mir in die Klinik. Und sagen Sie dem Bürgermeister, was passiert ist! Unseren Prügelknaben lassen wir hier. Das sollen die untereinander regeln."

„Aber Herr Doktor, wenn er ihn wieder würgt und schlägt?"

Angelos platzte.

„Ich habe meinen Mann noch nie geschlagen, Herrgott! Ich habe ihn noch nie angefasst!"

Dimitriadis grinste.

„Das wiederum glaube ich Ihnen nicht. Und ziehen Sie sich etwas an!"

Angelos schaute sich um.

Seine Kleider waren verschwunden.

Zu Alpha drei sagte der Chefarzt: „Wenn Sie in der Klinik fertig sind, kommen Sie bitte zurück und fahren diese zwei Irren nach Hause!"

44

Angelos legte sich neben Alex aufs Bett, auch wenn es ihm graute, noch länger an diesem Ort zu bleiben.

Er streichelte Alex über den Kopf und das geschwollene Gesicht. Wie konnte er, Angelos, ihn mit dem fetten Perversen verwechseln? Der Schock, die Angst und die Sehstörungen.

Hoffentlich würde ihm Alex verzeihen. Sicher war er sich nicht. Aber er merkte, dass er sich ein Leben ohne ihn nicht vorstellen mochte. Nicht wegen der Bar oder des Hauses. Der Mensch würde ihm fehlen und ein Loch in ihm hinterlassen.

Alex hatte sein Versprechen gehalten und mich gerettet und was mache ich? Ich würge ihn fast zu Tode.

Da begann Alex zu stöhnen. Gleich würde er aufwachen. Alex öffnete das eine Auge, das nicht zugeschwollen war.

Mit schwacher Stimme sagte er: „Mein kleiner Pfirsich!"

Da fiel Angelos ein Stein vom Herzen.

Er küsste Alex sanft auf die Wange.

„Entschuldigung, dass ich so lange gebraucht habe, aber ..."

„Pssst. Du bist noch rechtzeitig gekommen und mir ist nichts weiter passiert. Es tut mir unendlich leid, dass ich dich geschlagen habe. Ich ..."

„Du hast mich für ihn gehalten. Ich weiß schon. Ich habe es an deinen Augen gesehen. Du warst ganz von Sinnen!"

Alex richtete sich auf.

Er sah vom Bett auf den Fetten hinunter, den Alpha drei noch nicht geholt hatte.

„Oh Gott. Ist der eklig. Nicht nur pervers, sondern auch noch widerlich und fett!"

Wie schrecklich muss es sein, wenn so ein Mensch auf einem liegt? Abgesehen von der Angst und dem Foltergerät mit den Rasierklingen.

„Wirst du damit zurechtkommen? Ich hätte dir gern das alles erspart. Aber wir wussten zuerst nicht, welches Haus es ist. Weißt du, wie ich es herausgefunden habe?"

Alex lächelte.

„In dem Auto roch es leicht nach Pfirsich!"

Angelos lachte.

„Muss ich mich jetzt doch an den Namen gewöhnen?"

Vor 30 Minuten noch in Lebensgefahr, fast begraben unter der ekligen Kreatur, konnte Angelos schon wieder lachen. Unfassbar.

„Keine Sorge. Der Pfirsich war ein einmaliger Ausrutscher. Obwohl er dir das Leben gerettet hat. Hätte ich noch ein Auto aufbrechen müssen, wäre ich zu spät gekommen!", sagte Alex.

„Dann darfst du den Pfirsich auch in Zukunft verwenden, nur bitte nicht in der Öffentlichkeit!"

Alex lachte.

„Komm, lass uns nach Hause gehen!"

„Würde ich gerne. Nur sind meine Sachen weg!", meinte Angelos.

Alex überlegte kurz und zog dann seine Hose und das Hemd aus.

„Los. Zieh meine Sachen an. Du bist heute schon genug gedemütigt worden."

„Quatsch. Wir finden hier …"

„Nein. Keine Widerrede. Wir gehen jetzt hier raus!", sagte Alex.

„Zu Befehl, Chef!"

„Stopp! Ich bin auch nicht ganz da. Wir sollten das Büro noch durchsuchen. Eine Kundenliste wäre sicher nicht verkehrt, denn der Fette war sicher nicht der einzige Kunde!"

Da man nicht gleichzeitig eine Decke halten und Schränke durchwühlen kann, schmiss Alex die Decke auf einen Sessel.

„Eine Hausdurchsuchung nackt. Sicher auch eine Weltpremiere!"

Angelos lachte über den kleiderlosen Alex.

„Wenn alles über das Darknet gelaufen ist, werden wir sicher nichts finden. Das sollen die in Athen machen", meinte Angelos.

„Gut. Dann nehmen wir die Laptops mit. Wer weiß, was Jonas damit anstellt. Den Rest sollen sie haben!"

Alex öffnete eine Sporttasche, die am Boden stand und schaute hinein.

„Ich denke, die nehmen wir auch noch mit!

Und jetzt raus hier", sagte er.

Alpha drei war zwischenzeitlich wieder eingetroffen.

„Äh, Alex!"

„Was ist?"

„Nicht, dass ich deinen Körper nicht erregend finde, aber vielleicht solltest du die Decke umlegen?"

45

Der Mann stolperte den schmalen Weg den Berg hinunter. Es war eher ein Trampelpfad, den offensichtlich schon länger niemand mehr benutzt hatte.

Er hatte Schmerzen und musste deswegen immer wieder anhalten und Luft holen. Den Berg hinunter ist anstrengender als den Berg hoch, dachte er.

Das dumme Arschloch hatte ihn seitlich am Bauch getroffen. Es blutete zwar stark, aber die Wunde lag zu weit außen, um lebenswichtige Organe oder Gefäße verletzt zu haben. Gott sei Dank habe ich ein schwarzes Hemd an, dachte er.

Der Strand lag noch 400 Meter entfernt, wenn er am Fuß des Hügels ankommen würde.

Strandbar, Telefon, Taxi.

Wenn er Glück hätte, dann bliebe sein Verschwinden noch eine Weile unentdeckt.

Sie würden sich auf die Rettung des Schönlings und auf die anderen Leichen konzentrieren. Schade um

Olga, dachte er. Sie war eine spendable Arbeitgeberin. Er würde sich nach einem neuen Job umsehen müssen. Ohne meinen Bruder wird das schwierig, dachte Oleg. Aber zunächst muss ich schauen, dass ich hier wegkomme.

Sonst hätten sich Zukunftspläne ohnehin erledigt. Geld hatte er glücklicherweise einstecken. Olga hatte ihm vor der Erstürmung den Lohn ausbezahlt.

Er dachte an Pavel. Seinen Bruder.

Der Typ hatte ihm in den Kopf geschossen.

Der Schädel war vor seinen Augen regelrecht explodiert.

Der Typ hatte keine Uniform an.

Er würde herausfinden, wer der Bulle in Zivil war. Als er, Oleg, angeschossen wurde und sich totstellte, hörte er, wie einer der Agenten einen Namen rief. Nakikis. Nikakis. Oder so ähnlich. Als alle nach oben stürmten, nutzte er die Gelegenheit, um durch eine Seitentür zu fliehen. Rückwärtig war nur ein Mann zu sehen und der konzentrierte sich auf den Lärm im ersten Stock.

Und dann würde er seinen Bruder rächen.

46

Zuhause in Ornos stürmte Angelos ins Haus und die Treppe hoch. Er will sofort duschen, den Schweiß und Gestank des fetten Vergewaltigers loswerden. Das ging mit Wasser und Seife nur bedingt, dachte Alex.

Aber der Ekel, die Erniedrigung und die Erinnerungen würden bleiben. Was sie aus Angelos machen würden? Manche Opfer werden durch so ein Erlebnis gänzlich zerstört. Zudem es bei Angelos zum zweiten Mal die gleiche Situation war.

Es kam zwar nicht zur Vergewaltigung, aber die Minuten dort oben waren dennoch der Horror pur. Allein der Anblick des Holzprügels mit den Rasierklingen.

Oder war doch mehr passiert?

Äußerlich war nichts zu sehen gewesen.

Aber das muss nichts heißen.

„Alex?", rief Angelos aus dem Bad.

„Kannst du mich bitte hinten abschrubben? Nicht ein Tropfen von diesem ekligen..."

„Ich verstehe genau, was du meinst. Desinfektionsspray?"

Angelos nickte.

„Dann muss ich aber mit in die Dusche", sagte Alex.

„Bist du jetzt schon bereit für Berührung? Nicht, dass du.. ."

An der Stelle sprach Alex nicht weiter.

Angelos drehte sich um.

„Du meinst, dass ich dich wieder schlage, wolltest du sagen!"

„War kein tolles Erlebnis, auch wenn ich weiß, dass du mich nicht erkannt hast!"

„Eben. Jetzt komm bitte rein. Wir werden beide mit allem klarkommen müssen. Das schaffen wir nur zusammen. Und jetzt wasch mir bitte den Dreck runter!"

„Jawoll, Herr Kriminalkommissar Nikakis, mein kleiner Pfir..", Alex bremste sich noch.

Angelos lachte.

„Nachdem mir der Pfirsich das Leben gerettet hat, kann ich schlecht etwas dagegen sagen. Aber nur unter uns! Sonst mache ich mich ja lächerlich!"

Alex schrubbte Angelos den Rücken. Es war ihm nicht wohl, wusste er doch nicht, was genau geschehen war. So war er beim Rektum extrem vorsichtig. Verletzungen waren aber keine zu sehen, also war er noch rechtzeitig gekommen.

„Das war schön. Mach vorne weiter", flüsterte Angelos.

So machte sich Alex unter dem Prasseln des Wassers daran, auch Angelos´ Vorderseite zu reinigen. Auch die Weichteile waren unversehrt.

„Du brauchst nichts zu untersuchen. Er hat nur hingefasst!"

„Schlimm genug", murmelte Alex.

„Äh, ich glaube nicht, dass da unten schon alles sauber ist", meinte Angelos lächelnd.

„Du willst nach so einem Tag wie heute ..."

135

„Warum nicht? Nur so kann man die Geister sofort vertreiben. Oder hat der alte Mann keine Lust auf seinen kleinen Pfirsich?"

Alex lachte.

„*Das* wird nie passieren!"

47

Alex und Angelos lagen endlich im Bett. Draußen begann ein neuer Tag. Im Haus kam der wohl furchtbarste Tag in beider Leben zum ersehnten Ende.

Es war gutgegangen. Wenn auch knapp.

„Darf ich dir noch etwas sagen? Das war eine kriminalistische Meisterleistung. Wäre ich hier noch Kommissar, hätte der Fette noch mehr Menschen umgebracht, weil ich die Puzzleteile erstens nicht gesehen und auch nie richtig zusammengesetzt hätte. Vom Mut, mich als Versuchskaninchen zur Verfügung zu stellen, ganz zu schweigen."

„Alex, wir haben das als Team geschafft. Und niemals hätte ich den Lockvogel gespielt, wenn ich nicht gewusst hätte, dass du da bist. In Thessaloniki hätten sie sich jemand anders suchen können. Ich wusste, du tust alles, was du kannst. Wer so viel Liebe gibt wie du, ist zu allem fähig. Du hast heute drei Menschen erschossen, um mich zu retten. Das macht nicht jeder", erwiderte Angelos.

Drei Menschen? Stimmt. Olga, Pavel, den Fetten. Sicher kein Verlust für die Menschheit.

„Auch wenn du ein bisschen spät gekommen bist", ergänzte Angelos lächelnd.

„Na, dafür habe ich ja die Strafe schon bekommen", sagte Alex und deutete auf sein blaues Auge.

48

Bürgermeister Christeas war hocherfreut, die Herren Nikakis zu sehen.

„Hereinspaziert und herzlichen Glückwunsch. Das haben Sie ganz hervorragend gemacht. Auch wenn Sie offensichtlich einige Blessuren davongetragen haben! Ich hoffe, es ist nichts Ernstes."

„Nein, nein", sagte Alex.

„Sie haben das sehr diskret gelöst. Jonas, der Idiot, wollte eine Meldung herausgeben, es sei der Polizei Mykonos gelungen, einen Serienmörder festzunehmen. Gott sei Dank hat mich Maria vorher informiert. Was für ein Trottel! Aber was soll´s. Er muss ja normal nur Strafzettel verteilen!"

Und selbst dazu ist er zu blöd, dachte Alex.

„Ich denke, unsere Vereinbarung hat sich bewährt. Wir wollen es also auch in Zukunft so handhaben. Bei gravierenden Fällen übernehmen Sie. Ich befürchte, Sie haben die Rechnung dabei. Den Einsatz und den Hubschrauber zahlt das Innenministerium, beides wäre auch beim alten Verfahren notwendig gewesen."

Alex lächelte.

„Herr Bürgermeister, es wird Sie freuen und überraschen, dass mein Mann und ich beschlossen haben, für diesen Fall auf unser Honorar zu verzichten! Es wären ansonsten inklusive Spesen 9.450 Euro gewesen. Plus Mehrwertsteuer natürlich!"

Er merkte, wie Angelos abrupt seinen Kopf zu ihm hindrehte und ihn anstarrte.

„Aber …", begann Angelos, bekam aber einen Tritt. Christeas war genauso überrascht. Er wusste gar nicht, wie ihm geschieht.

„Aber ich betone, dass dies nur für diesen ersten Fall gilt. Sozusagen unser Einstiegsgeschenk! Ab dem nächsten Einsatz wird alles berechnet und dann auch nicht um jeden Cent gefeilscht. Dass wir uns da richtig verstehen!"

„Ich und die Gemeinde sind Ihnen zu Dank verpflichtet. Wenn Sie anderweitig Hilfe benötigen, steht Ihnen meine Türe jederzeit offen!", stammelte der Bürgermeister.

„Es hat uns schon sehr geholfen, dass Ihre Tochter uns in der Bar vertreten hat. Sie bekommt ihren Lohn natürlich trotzdem!"

„Sie meinte sogar, dass es ihr richtig Spaß macht. Das Geld kann sie für ihr Studium gut gebrauchen. Und die Gäste seien alle nett! Sie wird Ihnen jederzeit wieder aushelfen."

„Gut, dann wollen wir Sie nicht länger stören. Jassas, Herr Bürgermeister."

Kaum waren sie aus dem Büro draußen, raunzte Angelos:

„Bist du wahnsinnig? Von der Bar allein können wir nicht leben. Und du hättest vorher mit mir sprechen sollen!"

Alex lächelte.

„Es sollte eine Überraschung sein!"

„Ja, das ist dir wirklich gelungen. Kompliment.
Angelos war richtig sauer.
„Bevor du mir jetzt den Kopf herunterreißt, lass es mich erklären. Komm, wir gehen ins ‚Da Vinci' und trinken einen Espresso. Für die Bar ist es ohnehin zu früh." Angelos sagte gar nichts.
Als sie die Uferpromenade entlangliefen, kamen sie am Verkaufsstand von Herrn van der Klo vorbei, der noch immer Regenbogen-Fahnen verkaufte.
Alex und Angelos grinsten ihn breit an.
Der Espresso kam. „Und jetzt die Erklärung, bitte!" Noch immer war Angelos angefressen.
„Und fang jetzt bloß nicht mit ‚mein kleiner Pfirsich' an!"
Alex lachte.

49

Kein Grund zur Aufregung, der Verzicht auf das Honorar war gut durchdacht. Und in finanzielle Schwierigkeiten kommen wir deswegen nicht!"
„Dann muss Christeas´ Tochter eine Menge Champagner verkauft haben", knurrte Angelos.
„Nein, mein Schöner! Erinnerst du dich an die schwarze Tasche im Büro? Ich denke, das war das Honorar des Dicken, das er für dich bezahlt hat. Über 200.000 Euro. In bar natürlich. Da du deine Leistung

erbracht hast, Gott sei Dank ohne zu versterben, steht dir dieses Geld zu. Einen Teil sollten wir spenden. An einen Verein für Missbrauchsopfer. Mit dem Rest lösen wir den Kredit für die Bar ab. Was übrigbleibt, ist unser Spielgeld. Neues Auto ..."

Angelos sah Alex mit großen Augen an.

„Du hast aus dem Büro Geld mitgehen lassen?"

„Jetzt mach keinen auf Moralapostel. Es ist Geld, das jetzt niemand gehört und vorher einem Perversen. Und was glaubst du passiert mit dem Geld, bis es in Athen ankommt und danach? Da ist es bei uns besser aufgehoben!"

Angelos lachte.

„Das sind also deine berühmten Mykonos-Methoden!"

„Ja – und letztendlich haben alle etwas davon, wir, die Gemeinde, der Missbrauchsverein und du als Opfer.

„In Thessaloniki hätte ich dich verhaftet", sagte Angelos.

„Aber dort sind wir nicht mehr. Wir beide sind hier!"

Alex lachte und küsste Angelos.

50

Alex und Angelos Nikakis gingen links in die kleine Seitengasse, in der ihre Bar lag. Keine 20 Meter von der Uferpromenade entfernt, war es – obwohl keine Shopping-Meile - eine gute Lage.

Die Türe stand offen – vielleicht war des Bürgermeisters Tochter schon früher da. Sehr lobenswert. Die Herren Nikakis betraten ihre Bar. Und hörten eine Stimme:

„Stehenbleiben. Und Hände hinter den Kopf. Dort drüben Hinsetzen. Es war ein Mann, der dem ähnelte, den Alex in dem Folterhaus anschoss.

Mist, dachte Alex. Ich habe mich so auf Angelos konzentriert, dass ich auf die anderen nicht geachtet habe. Das Zählen von Leichen sollte man nicht vergessen!

Der Mann musste geflohen sein, während Angelos und er oben waren. Hinter dem Haus war nur ein Agent gewesen und darunter liegt der Strand von Kalo Livadi.

Der Mann kam hinter der Theke hervor und schloss die Eingangstüre, anschließend ging er wieder zurück.

„Schau hin, wen wir da haben. Unseren Schönling. Und seinen Schwuchtel-Ehemann. Der meinen Bruder erschossen hat!"

„Wenn du jetzt zur Türe rausgehst, wird dich niemand verfolgen. Wir sind nicht bei der Polizei", sagte Angelos.

Der Mann lachte.

„Erst wird dein alter Stricher dafür bezahlen, dass er Oleg erschossen hat!"

Das gibt´s doch nicht. Da überlebt man die Razzia im Haus und stirbt dann, als die Sache längst zu Ende scheint.

„Wie willst du denn von der Insel fliehen?"

Gute Frage, dachte Pavel.

„Das lass mal meine Sorge sein!"

Der Mann zielte auf Alex und dann geschah alles gleichzeitig. Angelos warf sich auf Alex, während hinter Pavel eine Gestalt auftauchte, die ihm mit einer Flasche auf den Kopf schlug. Pavel sackte zusammen, ohne den tödlichen Schuss auf Alex abzugeben.

Hinter dem Tresen stand Irini, die Tochter des Bürgermeisters und lächelte.

„Hallo, ihr beiden. Ihr seht, ich passe hier schon auf!"

Angelos und Alex umarmten sie.

„Das war wirklich mutig, Irini!"

„Vielleicht braucht ihr ja noch Verstärkung in eurem Team!", sagte sie lächelnd.

„Da wird dein Vater wohl etwas dagegen haben", sagte Angelos.

„Als ob der etwas zu sagen hätte. In unserem Haus herrscht Weiberregiment!"

MYKONOS CRIME 32

DAS MYKONOS-GAME

erscheint voraussichtlich im März 2023!

Die CEOs der größten Gaming-Konzerne treffen sich auf Mykonos – zu einer geheimen Konferenz zwecks Preisabsprachen. Eine der Firmen steht kurz vor dem Verkaufsstart eines neuen Spiels: „Conquering Mykonos – Erobere Mykonos". Vom Vertreiben der einheimischen Bevölkerung bis hin zum Kampf gegen Aliens am Strand von Paradise – alles wird Teil des Action-Games. Doch dann wird der Quell-Code gestohlen und eine junge Frau verschwindet.
Und Kommissar Nikakis stellt entsetzt fest: er selbst ist Teil dieses Spiels.

Das Mykonos-Game

Mykonos Crime

Paul Katsitis

Bisher erschienen auf Deutsch:

Paul Katsitis – Die Rose des Todes – 31

Endlich wieder ein unpolitischer Mord, ein normaler Mord, denkt Kommissar Nikakis. Das Opfer: ein 75-jähriger Biologie-Professor, bekannt als „Blumenpapst". Was wollte er hier? Mykonos ist alles andere als ein blühendes Paradies. Nach einem weiteren Mord an einem Blumen-Auktionator liefert ein Museumsdirektor den entscheidenden Hinweis: es geht um die „Rose von Mykonos" – eine der seltensten und damit wertvollsten Pflanzen der Welt. Noch schlimmer: für manche ist die Rose heilig. Man tötet für sie.

Paul Katsitis – Der Vampir von Mykonos 30

In einer Villa in Drafaki findet ein russischer Oligarch seine ermordete Tochter. Die Leiche ist vollkommen blutleer. Drei Tage wird ein weiteres Mädchen umgebracht, dieses Mal die Tochter eines saudischen Prinzen. Auch bei ihr wurde das gesamte Blut ausgelassen. Während die Medien schon vom „Vampir von Mykonos" sprechen, muss Kommissar Angelos Nikakis fast unlösbare Aufgaben erfüllen: den Täter rechtzeitig finden, den Killer stoppen, den die beiden Väter engagiert haben. Er glaubt an einen politischen Hintergrund, liegt aber falsch. Sein Ehemann Daniel hingegen ahnt, dass das Motiv nur mit Mykonos zu tun hat.

Paul Katsitis – Der Strand der toten Köpfe 29

Am Paradise-Strand werden eines Morgens mehrere Köpfe angespült. Auch an den folgenden Tagen erschrecken Leichenteile die Urlauber. Die Presse nennt den Strandabschnitt bald den „Strand der toten Köpfe" und viele Touristen reisen ab. Kommissar Angelos Nikakis kämpft nicht nur um die Aufklärung der Todesfälle, sondern auch gegen die alte Legende von „Poseidons Kindern".

Paul Katsitis- Engel der Finsternis 28

Ausgerechnet auf Mykonos sollen Friedens-
verhandlungen zwischen Israelis und
Palästinensern stattfinden. Ein logistischer
Alptraum für Kommissar Angelos Nikakis. Die
Bucht von Kalo Livadi scheint sich hervorragend
dafür zu eignen. Leicht absperrbar, mit eigenen
Piers und einem Heliport. Aber er macht sich
keine Illusionen. Unangemeldete Gäste mit
düsteren Absichten werden den Gipfel ebenfalls
„besuchen".

Paul Katsitis – Goldrausch 27

Von wegen: der Wohlstand von Mykonos beruht
auf dem Tourismus. Nein. Während auf den
anderen Ägäis-Inseln gehungert wurde, genoss
Mykonos durch seine Bergwerke eine
Sonderstellung.
Zwar wurden die letzten Minen vor vierzig Jahren
geschlossen, plötzlich aber werden zwei
Geologen in einem Schacht tot aufgefunden. Und
ein amerikanischer Konzern zeigt auffälliges
Interesse an den Bergwerken. Ihr Gegner:
Kommissar und Bürgermeister Angelos Nikakis. Als
eine Freundin ermordet wird und sich herausstellt,

dass die Firma dafür verantwortlich war, wird die Angelegenheit mehr als persönlich.

Paul Katsitis – Smyrna 26

Ein van Gogh, der 1922 in Smyrna verschwand, brachte keinem der Besitzer Glück. Alle seine Besitzer starben eines gewaltsamen Todes. Hundert Jahre später taucht das Gemälde auf Mykonos auf und bringt Kommissar Angelos Nikakis in Lebensgefahr.

Paul Katsitis – Schläfer 25

Kommissar Angelos Nikakis hat gleich zwei haarige Fälle zu lösen: in Saloniki explodiert eine Bombe und vor Mykonos werden auf einer Party-Yacht vier leblose Körper gefunden, allerdings ohne jegliche Verletzungen. Mysteriös – und nur langsam lassen sich die Fäden verbinden. Mit einer schlimmen Vermutung: Der Täter lebt seit Jahren auf der Insel. Ein Schläfer.

Paul Katsitis – Lebendig begraben 24

Ein Anrufer behauptet, unter einer frisch asphaltierten Straße auf Mykonos läge ein lebendig begrabener Mann. Kommissar Angelos

Nikakis hat erst seine Zweifel – und scheut die Kosten. Als er sich doch dazu entschließt, die Straße aufreißen zu lassen, zeigt sich: in einer Kammer darunter liegt tatsächlich eine männliche Leiche. Damit nicht genug: im Magen des Toten findet sich ein USB-Stick.

Paul Katsitis – Sisa 23

Drogen und Mykonos ziehen sich wie Magnete gegenseitig an. Da der Effekt nicht zu stoppen ist, hat Kommissar Angelos Nikakis mit dem größten Drogenhändler der Ägäis, Abu Bakar, ein Abkommen getroffen: keine gestreckte Ware, begrenzte Menge, keine Lieferung an Jugendliche und keine Gewalt auf der Insel. Im Gegenzug drückt Angelos beide Augen zu, auch weil er die übliche Drogenpolitik für Heuchelei hält. Seit drei Jahren gab es keine Drogentoten mehr – der Deal funktioniert. Doch nun taucht ein neuer Player auf, der das Monopol mit Gewalt brechen will. Beim Angriff auf Abus Yacht wird diese zerstört und Abu schwer verletzt. Angelos hilft Abu, denn er will Ruhe auf Mykonos – doch die Rechnung bezahlt Angelos´ Ehemann Yariv.

Paul Katsitis – Pontifex 22

Das Oberhaupt der orthodoxen Kirche, Hieronymus, besucht Mykonos. Ein unangenehmer Termin für den schwulen und atheistischen Bürgermeister und Kommissar Angelos Nikakis. Während des Besuchs wird der Staatssekretär des Metropoliten ermordet aufgefunden.
Hieronymus bittet Angelos um Hilfe, denn es geht nicht nur um einen Mord, sondern um die schiere Existenz der griechischen Kirche. Ein Pergament aus dem 4. Jahrhundert stellt deren Zukunft infrage.

Paul Katsitis – Yariv 21

Mykonos im Juni: gähnend leer, dank Corona. Nach der Öffnung der Insel ist es vorbei mit der Ruhe: im Haus eines hochrangigen Politikers wird eine tote Frau gefunden.
Und Kommissar Angelos Nikakis hat noch ein weiteres Problem: sein Kollege Yariv wird bei einem Einsatz in Athen schwer verletzt.

Paul Katsitis – Darknet 20

An der Uferpromenade mitten in Mykonos-Stadt wird die Leiche eines jungen Mädchens gefunden, das niemand kennt. Gefoltert und vergewaltigt.
Als ein zweites Opfer gefunden wird, vermutet Kommissar Angelos Nikakis, dass er es mit einem Pädophilenring zu tun haben könnte. Zusammen mit seinem Athener Kollegen Yariv Markaris, einem Darknet-Spezialisten, nimmt er die Spur auf. Er stößt dabei auf Beteiligte, die aus den höchsten Kreisen in Athen stammen und die ihre eigene „Flüchtlingspolitik" verfolgen.

Paul Katsitis – Carneval 19

Carneval in Griechenland? Bestimmt nicht, denken viele. Von wegen: Rosenmontag ist einer der wichtigsten Feiertage. Doch auf Mykonos wird Carneval gestört: in der Nähe von Kalafati wird ein Motorradfahrer tot aufgefunden. Obwohl der Kopf abgetrennt wurde, gelingt es Kommissar Angelos Nikakis schnell, ihn zu identifizieren: das Opfer ist ein Emirati, Landsmann von Angelos´ Ehemann Khaled. Zufälle gibt es nicht, sagt Angelos immer – und leider behält er Recht.

Paul Katsitis – Tödliche Libido 18

Auf einem Kreuzfahrtschiff wird ein 19-jähriger Steward vermisst.
Kommissar Angelos Nikakis nimmt den Fall zunächst nicht ernst. ‚Der Junge macht sich auf Mykonos ein paar schöne Tage', denkt er. Und es gibt keine Leiche.
Doch er täuscht sich. Eines Abends besucht ihn der Premierminister, Antonis Migiakis, der mit Angelos befreundet ist und gesteht, dass der junge Pavlos sein heimlicher Liebhaber war.
Kurz darauf melden sich die Entführer – und die Forderungen haben es in sich. Angelos muss den Jungen finden, sonst ist Migiakis politisch erledigt. Und zur Lösung des Falls braucht er die Hilfe eines altbekannten Drogenbarons: Abu Bakar.

Paul Katsitis – Botschafter 17

Kommissar Angelos Nikakis und sein Partner Khaled retten ein Kind vor dem Ertrinken. Es ist zufällig der Sohn des israelischen Botschafters. Aus Dankbarkeit wird der Botschafter der Trauzeuge von Angelos und Khaled. Einen Tag später zerreißt eine Bombe dessen Wagen. Was zunächst nach einem Terrorakt aussieht, entpuppt sich als ein

Geflecht aus Kunstdiebstahl, Verschwörung und Mord. Und Kommissar Nikakis muss tief in der Vergangenheit wühlen.

Paul Katsitis – Spione 16

Ein russischer Überläufer soll über Mykonos in den Westen geschleust werden. Auf der Kykladen-Insel soll er sich in einer der zahlreichen Schönheitskliniken eine gesichtsveränderte Operation
unterziehen. Kommissar Angelos Nikakis soll den Agenten während des Aufenthaltes schützen. Kein größeres Problem, denkt er. Bis plötzlich drei Geheimdienste auf der Insel am Werke sind. Und sich letztlich Angelos´ Leben für immer verändert.

Paul Katsitis – Khaled 15

Eine Explosion auf Delos töten einen Archäologen. Das erste Rätsel für Kommissar und Bürgermeister Angelos Nikakis. Das zweite Rätsel hingegen – wen er denn nun liebt – löst sich: er trennt sich von Alex und zieht zu Kronprinz Khaled. Doch zwei Tage später wird dieser von einem Attentäter niedergeschossen

Paul Katsitis – Trauma 14

Chefermittler und Bürgermeister Angelos Nikakis
glaubt es zunächst nicht: auf der trockenen Insel
Mykonos soll ein Golfplatz errichtet werden. Als
Nikakis den Investor trifft, glaubt er ihn zu kennen.
Bevor er sich erinnert, ereignen sich zwei Morde.
Angelos´ Ehemann Alex findet währenddessen
heraus, woher Angelos den Investor kennt.
Bald geschieht ein dritter Mord. Und der Täter ist
Alex.

Paul Katsitis – Royals 13

Zehn Seemeilen entfernt von Mykonos wird ein
großes Gasfeld entdeckt. Bürgermeister und
Kommissar Angelos Nikakis greift zu allen (auch
illegalen) Tricks, um Bohrtürme in der Ägäis zu
verhindern.
Als dann eine Prinzessin des Emirats Katar
während eines Besuchs auf Mykonos entführt
wird, scheint es zunächst nicht so, als würde ein
Zusammenhang bestehen. Wenige Tage später
ist die Prinzessin tot – und Angelos Nikakis sitzt im
Gefängnis.

Paul Katsitis – Der Putsch 12

1967 putscht in Griechenland das Militär. Hellas und auch Mykonos ächzen unter der Diktatur. 52 Jahre später gibt es wieder einen Regierungswechsel in Athen. Doch die Ereignisse von damals werfen ihre späten Schatten. Ein Flugzeugabsturz und Kommissar Angelos Nikakis sorgen dafür, dass es zu einem politischen Erdbeben kommt.

Paul Katsitis – Glut 11

Der Alptraum aller Chora-Bewohner wird wahr. Ein Großbrand wütet in den engen Gassen der Stadt. Eine knifflige Aufgabe nicht nur für die Feuerwehr, sondern auch für Kommissar und Bürgermeister Angelos Nikakis. Denn in einem Haus findet man eine Leiche. Ein Brandopfer, denken viele. Doch sie wurde erschossen. Drei weitere Morde und der Wiederaufbau lassen Angelos kaum Zeit Luft zu holen.

Paul Katsitis – Abseits 10

Im Stadion von Mykonos wird die Leiche eines Mannes gefunden. Da der Mann Fan von

Olympiakos Piräus war, geraten alle Anhänger des Konkurrenzvereins Panathinaikos Athen in Verdacht. Die Indizien lassen zunächst keine andere These zu und der Hass zwischen beiden Lagern ist tatsächlich so groß, dass auch ein Mord im Bereich des Möglichen liegt.
Doch als Kommissar Angelos Nikakis in die Welt der Spielerscouts eintaucht, stellt er fest, dass es um ganz andere Dinge ging: um Menschenhandel, Pädophilie und natürlich eine Menge Geld!

Paul Katsitis – Sturm über Mykonos 9

Über Mykonos tobt der schwerste Sturm seit Jahren. Eine Fähre kentert. Angelos ist unter den Rettern, wird aber nach dem Einsatz selbst vermisst. Für zusätzliche Aufregung sorgen zwei Ölfässer, die an Land gespült werden. In ihnen liegen die zerstückelten Leichen von zwei griechischen Soldaten.

Paul Katsitis – Die Maske 8

Nach einem Banküberfall erschießt Alex einen der Räuber auf der Flucht. Da er ihn ohne Vorwarnung in den Rücken geschossen hat, steht er bald unter Anklage.

Im Schatten des Prozesses gelingt es einem neuen, besonders brutalen Drogenhändler, genannt „Máská", sein Netzwerk auszubauen. Und er zögert auch nicht, als sich ihm die Gelegenheit bietet, Kommissar a.D. Angelos Nikakis aus dem Weg zu räumen.

Paul Katsitis – Hass 7

Es ist ein besonderer Fall für die beiden Ermittler Alex und Angelos Nikakis. Die Leiche eines jungen Mannes wird in den Dünen gefunden. Am und im Körper des Toten findet sich die DNA von Angelos.
Er wird verhaftet.

Paul Katsitis – Skalpell 6

Am Strand von Ornos wird eine Frauenleiche gefunden. Es ist die Tochter des Bürgermeisters. Der Leiche fehlen Nieren und Leber.
Doch es geht bei der Mordserie nicht nur um Organe, wie die beiden Ermittler Alexandros und Angelos Nikakis bald feststellen. Es existiert ein komplexes Netzwerk, das verschiedene kriminelle Felder abdeckt, und so mancher Inselbewohner ist darin verstrickt.

Paul Katsitis – Inzest 5

Ein Bräutigam, der sich am Tag der Hochzeit vom Balkon stürzt und eine Mädchenleiche in einer Wagenpresse. Zwei Fälle für die beiden Ex-Kommissare Alex und Angelos Nikakis Zwei Fälle, die sich nach und nach aufeinander zu bewegen.

Paul Katsitis – Der-Drei-Sterne-Mord 4

Im besten Restaurant der Insel wird der Chefkoch, ehemals Leibkoch Gaddafis, mit durchschnittener Kehle aufgefunden. Ein schwieriger Fall für Alex und Angelos, zumal die eigene Familie mit beteiligt ist. Der Fall erfährt eine erstaunliche Wendung, als die beiden Ermittler erfahren, dass der britische Außenminister Mykonos besucht – auf dem Landsitz des griechischen Premierministers.

Paul Katsitis – Tattoo 3

Zwei Highlights stehen auf dem Programm des Wochenendes: ein hochdotiertes Beachvolley-ball-Turnier und die Eröffnung der ersten Spielbank auf der Insel.

Nicht ins Programm passen zwei Tote: ein 19-jähriger Junge und einer der Beachvolleyball-spieler. An dessen „natürlichem Tod" haben die Ermittler Alex und Angelos so ihre Zweifel.

Paul Katsitis – Rache 2

Im Kloster Ano Mera auf Mykonos wird ein Priester tot aufgefunden, dessen Leiche übel zugerichtet ist. Es sieht nach einem Rachemord aus – doch wofür?

Paul Katsitis – Die Bestie von Mykonos 1

Zwei Kriminalbeamte, Alexandros und Angelos, quittieren den Dienst und eröffnen gemeinsam auf Mykonos eine Bar. Nebenher betreiben sie eine kleine Privat-Detektei. Da die Polizei chronisch unterbesetzt ist, werden Alex und Angelos – wegen ihrer Erfahrung - regelmäßig hinzugezogen.
Mykonos ist in Aufruhr. Offensichtlich foltert, vergewaltigt und tötet ein Mann junge Touristen.

Um ihn zu stellen, bleibt nichts anderes übrig, als dass Angelos den Lockvogel spielt – mit furchtbaren Konsequenzen ...

Weitere Mykonos-Bücher

Mykonos LOVE STORY
Von Michael Markaris

„Die Mykonos Love Story 1-11" von Michael Markaris.
Kommissar Pandis hat mit 53 sein Coming-Out und verliebt sich in den 29-jährigen Angelos.

Bisher erschienen:
Mykonos Love Story 1
Mykonos Love Story 2 – Das goldene Ei
Mykonos Love Story 3 – Morgenröte über Mykonos
Mykonos Love Story 4 - Mykonos Speed
Mykonos Love Story 5 – Rape-Vergewaltigung
Mykonos Love Story 6 – Der rosa Leopard
Mykonos Love Story 7 – Rückkehr der Leoparden
Mykonos Love Story 8 – Crash!

Mykonos Love Story 9 – Der tote Pelikan
Mykonos Love Story 10 – Photia-Feuer
Mykonos Love Story 11 – Der tote Archäologe

JENSEITS VON MYKONOS/ Sven Schlick

Es war vorbei.
Seine Füße begannen zu versagen.

Immer wieder Wasser. Salzwasser. Es rann die Speiseröhre hinunter und brannte im Magen.
Sehen konnte er auch nicht mehr viel. Das Salz brannte auch in den Augen.
Er merkte, dass er immer öfter unterging.
Wer hat mich verraten? WER?
Dann kam die Erkenntnis: Es ist egal. Denn du bist tot.

Kommissar Alex Pandis steht ratlos in einer Kunstgalerie.
Auf einer Skulptur, einem blauen Stier, hängt eine Leiche, der Galeriebesitzer.
Und der war 94 Jahre alt.
Schnell ist Pandis klar, dass hier die Vergangenheit ihre Schatten wirft.